하얀 정사

하얀 정사

최민초 소설

문학나무

금기란 사람을 얼마나 긴장시키고
동시에 살벌한 설렘을 동반하는가.

'금기가 없다면 매혹도 없다'

금기에 대한 도전이 「하얀 정사」을
낳게 하였다.

봉떵에서 최민초

차례

투구꽃

「투구꽃」은 열 살 연하인 아내의 자유분방한 사랑 때문에
곧잘 욕정과 분노, 연민과 살해충동 등 상반된 감정으로
내몰리곤 하는 인물의 내면이 잘 드러나 있다

투구꽃

그가 계약서에 도장을 찍으려고 할 때 한 남자가 부동산 중개인의 옆구리를 꾹 찌르며 심술궂게 말했다.

— 근데, 괜찮겠어?

그가 도장을 쥔 채 눈으로 물었다.

— 뭘요?

— 집주인이 자살을 했는데……

도장을 찍으려던 그의 손끝이 멈칫했고, 그 떨림을 나무라듯 중개인이 남자에게 쇠되게 소리를 높였다.

— 아, 이 사람아 자살은 무슨! 시체도 못 찾은 걸. 그리고 오래된 집치고 사람 몇 죽어 나가지 않은 집이 어디 있다구. 자네는 도대체.

계약서 위에 주춤 머물렀던 그의 손이 근심을 지우듯 도장을 꾹 눌렀다. 주인이 자살했다는 사실만 빼고는 그는 집이 마음에 들었던 것이다. 무엇보다도 살림 집기가 갖춰져 있는 것도 괜찮았다.

산 밑에 조붓이 자리 잡은 목조 집은 고요하게 가라앉은 느낌이었다. 돌로 축대를 쌓은 그 집 위쪽에는 청기와집 한 채가 버티고 있고, 낡은 트랙터가 그 집의 위용을 떠받치듯 위협적으로 서 있었다. 그는 기와집을 힐끗 쳐다보며 집 마당 안쪽으로 들어섰다. 보랏빛 꽃은 볼수록 유혹적이었다.

석 달 전, 처음 그 집을 보러 왔을 때, 마당 안쪽 화단에 피어 있는 보라색 꽃이 그의 눈길을 끌었다.

— 이 꽃 이름이 뭐죠?

그의 물음에 그날 이 집으로 안내했던 여자 중개인이 강원도 사투리로 대답했다.

— 투구꽃이래요.

— 투구꽃이요?

— 로마 병정이 쓴 투구를 닮았다 해서 투구꽃이라고 하드래요.

군인이 철모를 뒤집어 쓴 모양의 투구꽃을 보며 그는 핏

웃었다. 갑자기 전투장이 떠오르면서 보랏빛 꽃잎을 뒤집어쓴 귀두들이 서로 다투는 장면이 연상되어 우스꽝스러웠던 것이다. 난자를 차지하기 위한 정자들의 난투극. 로마 병정이 쓴 투구를 상상하자 그는 어쩐지 슬펐다.

그는 투구꽃을 가까이 들여다보았다. 잎겨드랑이에서 고깔처럼 전체를 위에서 덮어씌운 형태의 보랏빛 꽃잎은 부드럽고 몽환적이었다. 그 꽃을 알현하듯이 새들이 경쾌하게 지저귀었고, 때마침 벌 한 마리가 꽃술 위에서 장난질을 쳐댔다. 그가 투구꽃에 손을 대려고 하자 중개인이 말했다.

— 조심하드래요. 이건 독초래요.

독초치고는 너무나 아름다운 꽃이었다.

그는 핸드폰으로 인터넷 검색창을 열고 '투구꽃'을 쳐보았다.

자생지, 개화기, 특징 등을 자세히 설명한 검색창에는 뿌리, 잎, 줄기 등 전체에 강한 독성이 함유되어 있으며, 꽃말은 '나를 건드리지 마세요'라고 설명되어 있었다. 그는 건드리기만 하면 독을 물큰 뿜어낼 것 같은 투구꽃을 보며 혹 아내도 이 꽃처럼 독초였을까, 엉뚱한 생각을 했다. 이집에 끌린 이유는 무엇 때문이었을까.

하얀 정사

그가 이 집을 처음 발견한 것은 인터넷에서였다. 경제적 부담과 사람들의 입질에서 벗어나고 싶었던 그는 차라리 귀촌을 생각하곤 강원도 쪽을 클릭하다가 이 집에 눈길이 닿았다. 그는 곧 집을 보러 왔다. 가격이 싼 이유를 물었던 것도 같다. 지은 지 8년 된 집인데 비워두면 자꾸 삭아서 좀 싸다는 설명이었다. 중개인이 집주인 대신 대리 계약해도 되겠냐고 물었고, 그는 흔쾌히 고개를 끄덕였다.

그러니까 그는 그 투구꽃을 마당가에 세워두고 이 집에서 첫 밤을 맞게 되었다. 방 두 개에 거실, 다락방까지 갖춘 스물세 평 목조 집이었다. 옥상 창고가 비스듬히 열려 있는 것을 확인한 그는 그 문을 닫고는 아래층으로 내려왔다.

그는 몹시 피곤했다. 이사라야 옷 몇 벌, 책 서너 박스, 컴퓨터가 전부였지만 서울에서 자동차로 2시간여를 달려온 그의 몸은 물먹은 솜처럼 무거웠다. 육체적 수고 그런 것보다는 긴장이 풀린 탓이었을 것이다.

그는 침대에 누운 채 리모컨 버튼을 눌렀다. 티브이 화면은 생각보다 선명했고 9시 저녁 뉴스가 진행 중이었다. M 교수에 대해 언급되고 있었다. '외설과 예술의 경계에서 외로이 투쟁하다가 운명한…… 변화를 거부한 사회의 시

선이 개인의 삶을 송두리째…….'

그는 언제 적 이야기를 아직도 재생하는 것일까 싶으면서도, M교수는 왜 자살했을까, 그를 자살로 몰고 간 결정적 요인은 무엇이었을까, 골똘히 생각해 보았다. 그리고 어쩌다가 자신이 여기까지 오게 되었을까, 라는 생각에 미쳤다. 결혼 8년 만에 파경을 맞고 이 외진 구석으로 내몰리기까지 그의 서른여덟의 삶은 왜 속수무책이었을까. 열심히 산 죄 밖에 없는데. 소박하게 살아 보고 싶은 욕심밖에는 없었는데……

열 살 어린 아내를 애틋한 여동생 돌보듯이 뒷바라지한 것이 즐겁기까지 했던 그였다. 꼬맹이들 과외부터 시작한 그의 성실함이 어렵게 뿌리내렸을 때, 그는 자신의 영어 이름을 딴 〈로이진 영어학원〉이란 간판까지 내걸었다. 두 명의 직원을 둘 만큼 학원은 조금씩 자리를 잡아 가고 있었다. 하지만 3년 전, 그는 경영권마저 넘기지 않으면 안 될 처지에 놓였었다. 아파트를 처분해도 턱없이 모자라는 아내의 빚을 떠안았고, 앞으로 몇 년간은 그 빚을 갚아야 할 것이다. 친구들 사이에서도 소문이 공공연했다. 가끔 술에 취하면 자기들끼리 웅얼거리듯 혹은 아예 들으라는 듯이 비아냥댔다. 사내자식이 색골한테 쪽쪽 빨리고선, 붕신! 어쩌면 동호회 카페에도 쫙 퍼졌는지도 모른다. 그는 겁이 나서 카페에 들어가는 것도 망설였다.

그는 숨을 쉴 수가 없었다. 마땅히 하소연할 곳도 없었다. 이 외진 곳으로 숨어든 것은 그런 이유였다. 지친 심신을 쉬고 싶기도 했지만, 아무도 모르는 곳에서 새롭게 시작하고 싶었다.

그는 불도 켜지 않은 채 침대에 누웠다. 티브이에서는 M 교수의 자살 원인에 대해 계속 이어지고 있었다. 궁핍함, 사회적 비난, 동료와 지인으로부터의 따돌림이 우울증의 원인이라고 전문가는 분석했다.

아내와의 일로 스트레스를 받을 때, 그는 '자살'이라는 나쁜 생각도 했었다. 그즈음 몇 달 동안 연락이 끊겼던 아내는 통화 중에 제법 침통하게 말했다.

— 오빠, 나 남자가 생겼어.

그는 뒤통수를 후려 맞은 듯한 당혹감을 느꼈다. 그가 정신을 추스를 새도 없이 아내의 말이 이어졌다.

— 미안해. 오빠가 뒷바라지해 줘서 대학원까지 마쳤는데. 그건 고마운데, 고맙긴 한데……. 그렇다고 난 뭐 노예, 그런 건 아니잖아.

혀가 꼬부라진 아내는 솔직하다 못해 당당하기조차 했

다.

그는 잠시 눈을 감았다 떴다. 현기증이 일었다.

― 근데 오빠, 난 멋지게 살고 싶었어. 그게 내 잘못이
야?

그는 가만히 핸드폰 플립을 닫았다. 그리곤 무릎 사이에
고개를 묻고 밤새 그러고 앉아 있었다. 새벽녘, 고개를 들
었을 때, 서른두 평 아파트 복도 불빛이 음산하게 떨고 있
었다. 필라멘트가 끊겼다가 이어졌다가 아침이 밝을 때까
지 불빛이 그렇게 계속 떨고 있었다. 그는 불빛을 쏘아 보
았다. 그 불빛에 눈이 멀어버릴지도 모른다고 생각한 그는
차라리 눈이 멀고 귀가 막히고 혼이 닫혀버렸으면 싶었다.

고시원에 산다는 그녀를 처음 만났을 때 그녀는 대학 1
학년이었다. 그가 그녀를 그의 집으로 옮기게 한 것은 외
로움 때문이었다. 그녀도 그도 연인과 갓 헤어진 상태였고
서로 아픔을 위로하다 보니 동질감을 느끼게 되었다. 그렇
게 그녀와 동거를 시작했고 자연스럽게 사랑하게 되었고
그녀를 뒷바라지하기를 8년이었다. 물론 결혼도 했다. 아
내가 대학원생이었을 때, 그녀는 자주 집을 비웠다. MT다,
세미나다, 논문연구다, 늦거나 외박을 해서 그런 줄만 알
았다. 그녀가 졸업을 한 해에 집 담보대출, 자동차 할부금

등의 고지서가 집으로 날아오기 시작했다. 대학원 시절 조교와 부적절한 관계에 있던 아내는 자주 여행을 다녔고, 그 사실을 조교의 아내를 통해 알게 되었다. 그러니까 아내는 집을 담보로 대출을 받아 연인에게 돈을 빌려주었고 할부로 자동차를 샀고 백화점에서 사용한 신용카드의 한도 초과로 통장 잔고는 기어이 바닥을 드러냈던 것이다.

그는 매일 밤 불면증에 시달렸다. 경제적인 손실이나 압박에서 오는 충격도 충격이었지만 그 무렵 그는 엉뚱한 집착에 사로잡혀 있었다.

— 사실 난 오빠랑은 그게 잘 안 됐어. 잘 안 됐다고. 그게 내 잘못은 아니잖아.

몸집이 단단하고 다부진, 명색이 특수부대 출신인 그에게 아내는 만족한 적이 없었다는 뜻이다. 그렇다면 아파트가 떠나가도록 소리 지른 그때의 그녀는 누구였을까. 혹시 자신을 떼어내기 위한 거짓말은 아니었을까. 아니면 나이가 어린 때문인가. 그녀의 독특한 성정 탓인가. 그는 아주 많이 헷갈렸다. 그 와중에도 돈을 내라는 독촉장은 계속 날아들었다. 그것을 수습할 방법은 아파트를 처분하고 작은 전셋집으로 옮기는 수밖에 없었다. 사실 그가 아파트를 무리하게 대출받아 산 것도 넓은 집에서 살고 싶다는 아내의 소망을 들어주기 위해서였다.

— 나를 찾지 말아줘, 부탁이야.

짧은 메모를 남기고 캐리어를 끌고 나간 아내는 6개월 후, 집으로 슬금 돌아왔다.

— 다 거짓말이었어. 오빠를 시험해 보고 싶었어. 진짜로 날 사랑하는지. 이래도 나를 사랑할 수 있는지 확인하고 싶었어. 알지? 나 애정 결핍인거?

단 한 번도 좋은 적이 없었느냐고 그녀에게 묻고 싶었으나 그는 두려웠다. 너무도 솔직한 아내가 두려웠고 그것을 감당해낼 자신이 없는 자신이 두려웠다.

이제 와서 그런 게 다 무어란 말인가. 그런데도 그 문제가 왜 그렇게 집요하게 달라붙는지 알 수 없었다. 어쨌든 그는 아내와의 모든 것을 잊고 새로운 곳에서 새롭게 시작하고 싶었다. 그래서 이곳 도서관에 영어 강사도 신청할 계획이었다.

그가 눈을 떴을 때는 새벽 3시였다. 집안에 전등을 환하게 켜고 소리 나는 쪽으로 올라갔다. 낮에 닫았던 다락 창고 문이 비스듬히 열려 있었다. 문을 닫으려던 그는 소스라치게 놀랐다. 무언가 안에서 쏜살같이 뛰쳐나간 것이다.

그는 강릉에 있는 OO대학 주차장에 도착했다. 차를 주차

했을 때, 무언가 툭 치고 지나갔다. 차를 살펴보니 죽 긁고 나간 흔적이 역력했다. 옆을 스친 검정 렉스턴이 뒤꽁무니를 보이며 저만큼 멀어져 가고 있었다. 그는 손을 휘저으며 쫓아갔다.

― 잠깐만, 잠깐만요.

렉스턴은 아랑곳없이 슬금슬금 달아났다.

― 이봐요. 이봐요.

그는 뛰면서 소리쳤고 렉스턴이 멈췄다.

― 차를 치고선 그냥 가면 어떡합니까?

머리를 아무렇게나 질끈 묶은, 몸집이 펑퍼짐한 여자가 대꾸했다.

― 몰랐어요. 몰랐다구요.

그는 자기도 모르게 눈을 감았다. 그녀와 눈이 마주쳤을 때 쏟아져 나오는 낯선 광채 때문이었다. 그건 예사 빛과는 전혀 다른 이상한 발광체였다. 그는 기분 나쁜 두려움에 사로잡혔다.

렉스턴 여자가 그의 아반떼를 살피다가 갑자기 말을 뒤집으며 반격했다.

― 근데 이거 내가 그런 건지 어떻게 알아요? 웃겨 정말!

― 네? 지금 내가 웃겨요?

— 자꾸 꼬투리를 잡으니까 그렇죠. 별것도 아닌 걸 가지고, 남자가.

— 이게 지금 별거 아닌가요? 엄격히 따지자면 이건 뺑소니잖아요?

— 뺑소니는 무슨. 남자가 쪼잔하게 별걸 다 가지고 트집을 잡고 그래요. 바빠 죽겠는데.

'남자가' '사내가' 그는 이상하게 그 낱말이 귀에 거슬렸다. 그의 남성에 만족한 적이 없다는 아내의 말 때문이었을까.

렉스턴 여자가 주차장 앞의 건물을 올려다보며 초조해했다. 초조하기는 그도 마찬가지였다. 2시에 심리상담 실무교육을 참관할 예정이다. 이미 2시가 지나고 있다. 그는 조금 서둘렀다.

— 그쪽도 바쁜 모양인데 이렇게 하는 게 어때요? 서로 연락처를 주고받고 보험회사에 연락해서 처리하는 걸로.

— 빨리 이쪽으로 차를 대요! 빨리요!

여자가 렉스턴을 보도블록 위에 턱 걸쳐 놓은 채 그에게 차를 가져오라고 명령조로 소리쳤다.

여자는 이런 일은 단박에 매듭지어야 한다며 마치 자신이 피해자인 듯이 다그쳤다. 그는 혼란스러웠다. 대체 이게 무슨 상황이지?

그는 여자에게 강하게 보여야 한다고 생각했다. 그래서 가능한 한 위악적인 소리를 내려고 목소리를 높였다.

— 내 차 옆이 이렇게 텅 비었는데 이쪽으로 차를 가져오면 간단하잖아요. 아까 긁힌 흔적을 확인하기도 좋고.

— 그러니깐 요. 그 차를 이리 가져와 대보라니깐! 확인해 보게.

— 왜 하필 그 비좁은 보도블록 위에 차를 대냐구요? 다른 차들은 어떻게 지나가라고?

— 그거야 그들 사정이죠.

여자는 막무가내였다. 결국, 그가 한걸음 물러섰다.

— 그럼 이렇게 해요. 일단 보험회사에 연락하고 각자의 차 안에 블랙박스가 있을 테니 확인해 보기로. 됐나요?

시간은 2시에서 15분이 지나 있었다. 여자는 말도 없이 건물 안으로 휑, 사라져 버렸다. 그는 자동차 넘버와 긁힌 자국을 핸드폰 사진으로 찍어 저장하곤 그녀의 뒤를 쫓아 학교 건물 안으로 들어갔다.

그가 심리검사실습에 참여하게 된 것은 심리학 교수인 그의 외사촌 누나 때문이었다. 아내와의 갈등을 잘 아는 누나는 그에게 이렇다 저렇다 아무 말도 하지 않았다. 것

봐라, 불안불안했는데 결국 이렇게 될 줄 알았다. 그렇게 말할 줄 알았던 누나는 차분한 목소리로 그를 위로했다.

— 살다 보면 별의별 일을 다 당하고 사는 게 삶이야. 지난 일에 너무 집착하지 마라. 다만 중요한 것은 지금 마음이야.

단단히 뿌리를 쥐고 있지 않으면 언제 어느 때 휩쓸리게 될지 모른다고 누나는 말했다. 누나 말대로 그는 자신의 뒤엉킨 마음을 정리하고 제대로 한번 살아 보고 싶었다.

서울에서 초빙된 심리학 교수가 빔프로젝터를 통해 자료를 설명하면서 교육을 마쳤고, 참관자들 30여 명은 검사지를 통해 집단심리 검사를 받게 되었다.

MMPI(Minnesota Multiphastic Personality Inventory 기질과 성격검사, 다면적 인성 검사) TCI(Temperament and Character Inventory). 그의 결과지 반응결과는 감정 상태의 기복이 매우 심한 편이었다. 우울증 단계이며 자칫 자살 충동까지 염려된다는 위험경고였다.

마지막 심리검사를 남겨두고 쉬는 시간이었다. 그는 커피를 들고 창가에 서서 산 쪽을 바라보았다. 밖의 풍경은 단풍으로 붉게 물들기 시작하고 있었다. 하지만, 그의 눈에는 그 아름다운 풍경마저도 스산하기만 했다.

― 여봐요!

그가 뒤를 돌아보았다. 그때, 렉스턴 여자가 그의 코앞에 바짝 다가서 있었다. 놀란 그는 몸을 뒤로 물리며 더듬거렸다.

― 어? 여기 참관했어요?

어이없게도 이것도 인연이라고 그는 얼떨결에 반가웠던 것이다.

여자는 그의 관심이 주제 넘다는 듯이 다짜고짜로 제 말만 했다.

― 경찰에 신고할 거예요. 그러니 당신, 나한테 사과 한마디만 하면 아까 그 일, 없던 일로 해 줄게.

여자는 아량을 베푼다는 듯이 목을 뻣뻣하게 세웠다.

― 여보세요!

― 여보세요고 저보세요고 됐고! 미안하다고 사과 한마디만 하라니깐. 그럼 없던 일로 싹 지운다니까!

커피를 마시던 참관자들의 시선이 그에게 쏠렸다. 그 뭇 시선을 뚫고 그에게 다가오는 사람은 눈빛이 맑은 외사촌 누나였다. 아무에게라도 하소연을 하고 싶었던 그는 얼핏, 숨구멍을 찾은 느낌이었다. 그 순간 적어도 억울함을 토로할 사람이 있다는 사실이 중요했던 것이다. 그런데 렉스턴 여자가 누나의 손을 덥석 쥐더니 구석으로 끌고 가서 무언가를 열심히 설명했다. 누나는 연신 고개를 끄덕이면서 그녀의 등을 토닥였다. 그는 거대한 어떤 검은 아가리 속으로 끌려들어 가는 자신의 환영을 보았다. 그는 어지럼증을 느꼈다. 이런 경우를 심리학 용어로는 무어라고 표현할까.

기이한 상황에 처한 참담한 감정들이 무의식 속에 갇히거나 저장되면 언젠가는 압력솥에 갇힌 공기처럼 터져버릴 것이다. 그 분노를 어떻게 적절하게 희석시킬 것인가.

불현듯 심리학 교수의 말이 떠올랐다.

'감정에 휘말리면 지는 거죠. 휘둘리는 순간, 게임 아웃입니다.'

저만치에서 외사촌 누나가 손짓했다. 그는 마지못해 주춤주춤 다가갔다. 누나는 낮은 소리로 그에게 말했다.

— 우선 사과부터 하는 게 어떻겠니?

그는 하! 숨을 내뿜었다. 가능한 한 원만하게 마무리하고 싶었다. 그러나 그의 의식과는 달리 그는 렉스턴 여자에게 낮게 소리쳤다.

— 뭘 사과하라는 거죠? 사과는 당신이 해야 하는 거 아닙니까?

여자가 허리에 손을 얹고 허옇게 입에 거품을 뿜었다.

— 아후참. 기가 막혀! 이런 인간들 싹 쓸어버려야 해. 봐준다는데도 웬 고집이야? 남자가 쪼잔하게.

'남자가 쪼잔하게' 그는 그 낱말이 몹시 거슬려서 일부러 사납게 눈꼬리를 치떴다.

— 뭘 봐 주는데?

— 아후 참! 이것도 인연이라고 말이지.

그렇게 말한 여자가 그의 귀에 대고 낮게 뇌까렸다.

— 당신, 날 함부로 건드리지 마. 알았어?

그가 어이없는 눈빛으로 멍하니 그녀를 바라보았다. 커피를 손에 들고 있던 참관자들이 삼삼오오 모여 수군댔다.

— 접촉사고인데 남자가 까탈을 피우나 봐요. 사고접수만 하면 아무 일도 아닌데.

— 그까짓 접촉사고 땜에 난리래요? 남자가 쪼잔하게.

그는 훅, 내지르고 싶었으나 꾹 참고 실습실 안으로 들어갔다. 그리곤 가방을 챙겨 들고 그 건물을 빠져나왔다.

그가 집으로 돌아왔을 때 고양이 한 마리가 투구꽃을 등 뒤에 두고 오만불손하게 버티고 앉아 있었다. 흰 바탕에 두 줄의 검은 띠를 등에 두른 고양이는 마치 텃세가 심한 주인 같았다. 그가 다가가도 일어설 기미가 없었다. 그가 발을 쿵 굴렀다. 고양이의 수염이 쭈뼛 섰고, 눈에서 광채

투구꽃

가 쏟아져 나왔다. 그는 움찔해서 몸을 뒤로 물렸지만, 고양이는 그를 쏘아본 채 의연하게 버티고 있었다.

— 이 빌어먹을 놈의 고양이! 감히 주인행세야?

그가 큰 돌멩이를 집어 냅다 던졌는데, 손아귀에 제법 힘이 실렸다. 그 순간 고양이가 한발 앞으로 내디뎠고, 이미 날아간 돌멩이가 고양이의 눈을 정통으로 맞힌 모양이었다. 그 당당하던 고양이가 맥없이 고개를 푹 꺾었다. 아아, 이 무슨 운수 사나운 일인가.

꾸물꾸물 일어난 고양이가 그를 힐끗 노려보는데 한쪽 눈알이 터져 피가 흘러내리고 있었다. 그는 소스라쳤다. 그는 두려움에 떨었다. 그가 약간의 연민으로(솔직히 야부하는 마음이었지만) 고양이의 눈에 손을 갖다 대려고 다가갔다. 그 틈에 고양이가 발톱으로 그의 손을 냅다 할퀴었고 쏜살같이 마당 밖으로 달아났다. 피가 배어난 손등이 몹시 쓰라렸다. 흐르는 물에 손을 씻고 있을 때 핸드폰 벨이 울렸다. 외사촌 누나였다. 그는 통화거절 버튼을 눌렀다. 그러자 곧 문자 메시지가 떴다.

'왜 전화는 안 받니? 쓸데없이 억지 부리지 말고 원만하게 해결하고 연락 줘.'

그는 화가 났다. 누나에게 따지기 위해 버튼을 눌렀다.

그때 전화벨이 울렸다.

― 이사는 잘했어?

아내는 매일 통화를 하는 사이처럼 예사롭게 물었다. 이사한 것을 어찌 알았을까. 그는 일거수일투족을 노출당하고 있는 것 같아 몹시 불쾌했다.

― 다신 전화하지 말랬잖아!

그는 단호하게 말했다. 단호하다는 것은 상대에 대한 방어기제이고 상대로부터의 차단이다. 차단은 어쩌면 두려움에서 오는 방어심리인지도 모른다. '오빠랑은 그게 잘 안 됐어. 그게 뭐 내 잘못은 아니잖아?'

아내의 그 말이 그가 여기로 온 이유나 우울증의 원인은 아닐 것이다. 그러나 그 말이 그의 마음을 끈질기게 따라붙는 것은 무엇 때문일까.

아내가 엉뚱한 말을 주절주절 늘어놓았다.

― 오빠, 그거 알아? 프랑스인들은 육체적인 교감이 없는 사랑은 사랑이 아니라고 믿는 경향이 있대. 그래서 나이가 들어도 매력을 잃지 않기 위해 끊임없이 노력한대. 각자 다른 연인을 두고선.

― 그래서?

― 뭐 그렇다고.

— 여기가 프랑스니?

— 프랑스라고 생각한들 나쁠 건 없잖아? 계약 같은 걸 해도 좋고.

— 사르트르와 보부아르 흉내를 내자는 거니, 지금?

— 왜? 안 돼? 정직한 게 나빠?

옥상 쪽에서 또 둔탁한 소리가 났다.

아내가 말했다.

— 뫼르소는 거짓말을 할 줄 모르잖아.

그는 끊자, 하고 낮게 말했다. 그리곤 옥상 쪽을 올려다보며 핸드폰 플립을 닫고, 발뒤꿈치를 들고 그쪽으로 향했다.

직감이란 놈은 언제나 기분 나쁠 때 적중하는 법이다. 옥상 창고 문이 또 비긋이 열려 있었다. 그는 생각했다. 문이 어긋났거나 바람에 의해서 자꾸 열리나 보다. 내일은 못을 쳐야지. 그의 생각을 비웃듯이 그곳에는 바닥에 천 조각 같은 것들이 너저분하게 널려 있었고 핏자국이 바깥쪽으로 번어 있었다. 필시 고양이 짓임이 분명했다. 그는 핏자국을 따라가 보았다. 밖으로 뻗은 사다리가 있을 것이라는 예상도 빗나갔다. 사다리는커녕 고양이가 들어올 틈도 없었다. 그렇다면 대체 어떻게 고양이가 집안으로 들어왔을

　　　　　　　　　　　　　　　　하얀 정사

까.

그는 고양이와 대적하기 위해 이것저것 궁리해 보았다. 일단은 고양이의 장단점을 파악해야 한다. 고양이에게는 유리한 점이 많다. 날카로운 발톱과 이빨이라는 무기가 있다. 높은 곳을 올라가는데 유리하다. 매우 빠르다. 밤눈이 밝다.

단점은? 한쪽 눈이 실명이다. 하여 거리 조절에 불편함이 있을 것이다. 배도 고플 것이다.

해코지를 당하면 반드시 되갚는다는 고양이에 대한 속설은 장단점 중 어느 쪽으로 작용할까.

그는 자신에 대한 장단점이 무엇인지 생각해 보았다. 장점이 별로 없다. 우유부단한 성격에 소심하고 내성적이고 잘 참는다. 잘 참는다는 것은 장점일까, 단점일까. 어쨌든 그는 매우 불리한 조건을 가졌다. 먼저 선수를 쳐야 한다. 그렇지 않으면 위험하다. 싸움은 시작되었고 반드시 먼저 제압해야 한다.

곰곰이 생각하던 그는 먹으면 즉사한다는 투구꽃의 독성과 투구꽃의 꽃말도 떠올랐다. 아무도 날 건들 수 없어. 그는 웅얼거렸다.

그는 녹슨 삽으로 투구꽃을 뿌리째 캐냈다. 흙을 털어내

투구꽃

고 씻었다. 뿌리는 물론 줄기와 꽃잎을 씻어 우유를 붓고 믹서에 갈았다.

뜻밖에도 아내가 문밖에 서 있었다. 그는 당혹스러웠다.

— 여길 어떻게 알고?

— 순진하긴. 오빠는 맹한 게 매력이라니까.

기와집 쪽에서 인기척이 났다. 이쪽 기척을 엿보던 얼굴 하나가 담 밑으로 슥 사라지는 기척이었다. 그는 고개를 갸웃했다. 어떤 환영을 본 것 같기도 했고 실제로 눈이 마주친 것도 같았다.

그나저나 아내는 이곳 주소를 어떻게 알고 찾아온 것일까.

끌고 나갔던 캐리어와 키우던 갈색 요크셔테리어를 품에 안고 서 있는 아내는 처음 만났을 때처럼 가녀리고 청순한 모습이 아니었다. 긴 생머리를 아무렇게나 늘어뜨리고 헐렁한 흰 스웨터에 긴 검정 치마를 입고 있었고, 때 묻은 흰 운동화가 치마 밑에서 슬며시 엿보였다. 서류상으로는 이미 정리된 관계였지만 그렇다고 전원을 켰다 끄는 스위치처럼 감정을 깔끔하게 처리할 수 있는 사이도 아니었다.

— 정말 한 번도 충족된 적은 없었니?

그렇게 묻고 싶었던 그의 입에서 엉뚱한 물음이 튀어나

왔다.

— 그 캐리어 안에는 뭐가 있니?

그녀는 캐리어를 내려다보며 심드렁하게 말했다.

— 내 인생이 담겨 있어.

— 어떤 인생?

— 열네 살의 생리대. 열아홉 살의 살해 욕구. 스물여섯의 성적 욕망. 뭐 그런 거.

— 그런 걸 왜 너절하게 끌고 다니니?

— 오빠 왜 너절한 인생을 끌고 다녀요?

글쎄, 내 인생을, 너절하게 왜 여기까지 끌고 왔을까, 그의 뇌리에 불현듯 보랏빛 꽃잎을 뒤집어쓴 투구가 떠올랐다. 투구를 닮은 귀두. 정점을 찍지 못한 슬픈 귀두. 그는 추락한 귀두가 멀리 피신을 온 것 같아 어쩐지 슬펐다.

— 들어가도 되지?

그녀는 그의 허락도 받지 않고 그를 밀치며 집안으로 들어섰다.

완강하게 막아선 마음과는 달리 그의 추락한 귀두가 그의 입을 빌려 속엣말로 읊조렸다. 들어 와. 들어오라구. 오늘 밤, 마음껏 소리쳐 보라고.

— 오빠, 그거 알아? 오빠랑은 왜 잘 안됐는지?

그는 또 겁이 났다. 아내의 입에서 또 무슨 말이 튀어나올지 조마조마했다.

— 친절은 맹물처럼 싱겁거든. 그게 친절의 맹점이라는 거야. 훗!

그녀는 언제 그런 말을 했느냐는 듯이 그를 향해 매혹적으로 웃었다. 그는 잘못 들은 것처럼 여겨졌다. 아니, 어쩌면 그녀는 아무 말도 하지 않았는지도 모른다.

시간이 조용히 흐르고 있었다. 그는 아내에게 거의 말을 걸지 않았다. 어떤 간섭도 통제도 하지 않았고, 철저하게 무관심하려고 했다. 그녀 또한 그를 염두에 두거나 눈치를 보는 것 같지도 않았다. 마치 오래전부터 이 집에 살았던 주인처럼 긴 셔츠에 짧은 핫팬츠를 입고 그림자처럼 거실을 오갔다.

그는 아내에게 향했던 애정을 갈색 강아지에게 쏟았다. 강아지를 목욕시키고 머리를 빗기고 우유를 먹이고 안아주는 것이 그의 주된 일과였다. 강아지가 아내보다 그를 더 따르게 되었을 때, 아내는 강아지를 집어 던지는 등, 히스테리를 부렸지만 별다른 일은 없었다. 이따금 담을 사이에 두고 이웃집 여자와 담배를 나눠 피면서 능숙하게 휘파람을 불기도 했다. 아내는 불안하거나 불만이 차오르면 휘파람을 분다고 했다.

그는 아내에 대한 복잡한 감정을 일기에 적었고, 가끔 강아지와 아내의 일상을 크로키했다. 그러면서 그는 조금씩 나아지고 있다고 믿었다.

— 그래도 오빠만 한 사람이 없더라.

비 오는 어느 오후에 그의 귓불을 간지럽힌 아내의 목소리. 그때 불쑥 욕정이 일긴 했지만, 그는 자신을 가까스로 통제했다. 차오를 때까지 기다려야 한다. 서두르면 게임 아웃이다.

아내를 만족시키면 다시 사랑이 싹틀까? 그러면 새로운 일상이 시작될 수 있을까? 그는 1%의 기대에 설레기도 했다.

아침에 마당으로 나왔을 때, 투구꽃이 가득 핀 마당가에는 엉겨 붙은 핏자국으로 거무스름했다. 붉은 꽃이 핀 것처럼 흰 자갈 위는 핏빛으로 온통 어지러웠다. 그는 분명 그 빌어먹을 고양이 짓이라고 여기며 살금살금 다가갔다. 그런데 뜻밖에도 숨이 끊어진 채 늘어진 생명은 그가 아침 저녁으로 쓰다듬고 안고 자던 강아지였다. 그는 마치 자신을 보는 것 같아 섬뜩했고, 뒷골로 피가 역류하는 것을 느

껐다.

그는 담벼락에 세워진 쇠스랑을 들고 핏자국을 따라 급히 밖으로 뛰쳐나갔다. 핏자국은 윗집으로 향해 있었다. 육중한 기와집 나무 대문은 굳게 닫혀 있었고, 핏자국은 거기에서 끊겨 있었다. 기와집 대문 앞에 서 있는 아름드리 느티나무가 검푸른 위용을 뽐내며 위압적인 어떤 힘을 뿜어내고 있었다.

그는 쇠스랑을 손에 쥐고 기와집 높은 담벼락을 돌며 안을 향해 소리쳤다.

— 거기 누구 없어요? 이봐요!

바람소리가 휘잉, 느티나무 가지를 흔들며 지나갔다. 육중한 기와집 담은 그에게 너무 높고, 또한 넘을 수 없는 고지였다.

집으로 돌아온 그는 다락방 창고 쪽으로 급히 올라갔다. 새끼 고양이 세 마리가 이제 막 눈을 뜬 채 꼬물거리고 있었다. 소스라치게 놀란 그는 다다다 부엌으로 내려와 믹서에 갈아 놓은 투구꽃을 젓가락으로 휘저었다. 찌그러진 양은 주전자에 액즙을 담는 그의 손이 덜덜 떨리고 있었다.

환청이었을까. 가까이에서 혹은 멀리서 울음소리인 듯, 휘파람소리인 듯 고양이 소리가 들려왔다. 그는 소리 나는 쪽을 향해 후다닥 달렸다. 느티나무 앞에까지 달려온 그는 우뚝 서고 말았다. 아무렇게나 머리를 풀어헤친 여자가 그 앞에 떡 버티고 서 있었다. 아내였다. 아니 렉스턴 여자였다. 아니, 렉스턴 여자인지 또 다른 여자인지 분간이 되지 않았다. 어쩌면 두 여자 중 하나일지도 모르고. 두 여자를 합친 다른 여자일지도 모르고……. 도대체 아내는 어디로 사라졌을까.

그의 눈길이 여자의 시선을 따라가 멈춘 곳은 느티나무 아래, 깊은 구덩이였다. 구덩이 옆에는 거대한 트랙터가 위협적으로 떡 버티고 서 있었다.

그는 오소소 소름이 돋았다. 그 순간 그는 터무니없이 당당한 아내의 말이 떠올랐다.

— 오빠랑은 그게 잘 안 됐다고. 그게 내 잘못이야?

여자가 그를 매섭게 쏘아보고 있었다. 자세히 보니 그녀의 한쪽 눈은 실명 상태였고, 왼쪽에서 귀 뒤쪽까지 뭉그러져 보기 흉했다. 그는 꿈이라고 망상이라고 생각하며 연신 손을 내저으며 소리쳤다.

— 아, 아내는 어디 있나요?

— 이걸 먹으면 데려다주지.

그녀의 손에는 찌그러진 양은 주전자가 들려 있었다. 그

투구꽃

는 자기가 가지고 있던 주전자가 어떻게 그녀 손에 들려 있는지, 도대체 이해할 수가 없었다.

여자가 그에게 바짝 다가서며 주전자를 내밀었다.

— 이걸로 날 죽일 수 있다고 생각했나?

— 그 그게……

— 날 함부러 건드리지 마! 알았어?

그가 뭐라고 소리쳤지만, 말이 입 밖으로 새 나오지 못했다. 얼핏 웃음소리를 들은 것도 같고, 고양이 울음소리 같기도 했다. 어쩌면 휘파람 소리일지도 모른다.

— 저, 저기요.

그가 손을 내저어 뭐라고 말하려고 했을 때, 느닷없이 검은 휘장이 그를 푹 덮어씌웠다. 그는 검은 아가리 속으로 속수무책으로 빨려 들어갔다.

보름 후, 그를 찾아 온 외사촌 누나는 실종신고를 냈다. 경찰은 그가 아내를 납치한 후 사라진 것으로 잠정 결론을 냈고, 경찰이 그의 일기장과 크로키를 압수해 갔다.

그의 집은 아무 일도 없는 듯 투구꽃이 여전히 바람에 살랑대고 있었다. **(문학저널 발표)** ✈

개 난리
Dogs Festival

「개 난리」는 서산댁의 풍산이와 민 교수의 흑구가 벌이는 개 정사를 통한
사람 심리 엿보기로 읽힌다. 흑구와 풍산이는 본능을 사랑했을 뿐인데 사람
눈에는 생난리로 보인다. 이를 뒤집어 사람의 사랑을 개들은 어떻게 볼까?

개 난리Dogs Festival

— 어휴, 저것들이 또 지랄여. 지랄이.

내 집에서 대각선으로 보이는 안채 서산댁 목소리가 산
중 공기를 쩽하니 갈라놓는다. 마당 가득 온통 지저귀던
새들도 갑작스런 소리에 놀라 어딘가로 숨어버렸는지 조
용하다.

나는 서산댁의 쩽한 목소리를 들을 때마다 깜짝깜짝 놀
란다. 그녀가 혼잣말로 궁시렁거릴 때도 오금이 저린다.
저놈의 여편네가 또 지랄여, 지랄이. 빼꼼이 창밖을 내다
보던 내 입에서 빠져나오려는 군소리를 슬금 안으로 삼킨
다. 자연인으로 살고자 하는 욕망은 입속말마저 자유롭게
놀리라는 뜻은 아닐 터.

아무튼, 그녀의 말과 행동은 묘한 전이성이 있다. 찰지게 입안에 착착 달라붙는 욕지거리와 비속어가 그렇고 사투리가 그렇고 음정의 높낮이가 그렇다. 그래서 그런지 욕설 섞은 비속어 흉내는 내 입안에서 빙빙 돌며 시도 때도 없이 튀어나오려고 한다. 서산인지 예산인지 충청도 어딘가에서 살다 왔다는 그녀는 그다지 미인은 아니지만, 살결이 뽀얗고 귀염성이 있는 얼굴이다. 장난기 섞인 눈웃음도, 말할 때 입술을 삐쭉삐쭉 내밀 때도, 눈을 동그랗게 치뜰 때도, 천진한 어린애 같은 구석이 있다. 고놈의 터진 주둥이에서 나오는 퇴폐적이고 야한 언어만 아니라면 그런대로 봐줄 만 할 터인데, 그녀의 입은 도무지 거름망이 없는 모양이다.

그녀의 욕설에 익숙한 내 귀도 입도 그물망이 온통 헤진 듯하니 문제다.

— 아유 개 팔자 상팔자라더니만. 밤낮 지랄여. 지랄이.

그녀는 찌그러진 양은 개밥 그릇을 탕탕 두드리며 또 한바탕 소리를 지른다. 곰보딱지 같은 그 개밥 그릇을 볼 때마다 찌그러진 내 인생을 닮은 것 같아 어쩐지 짠하다.

— 아, 그만 즘 하라니께, 죙일 붙어서 뭔 지랄들이냐구 글쎄.

그녀는 아예 대나무 빗자루로 난리를 부리는 두 마리 개의 등짝을 사정없이 내리친다. 두 마리 개는 미처 볼일을 끝내지 못했는지 게슴츠레하게 풀린 눈으로 빗자루 폭력을 고스란히 견디며 꿈쩍도 않는다. 다만 방해꾼 서산댁을 퍽 마뜩찮고 원망스러워하는, 똑 그런 눈빛이다.

서산댁의 시끄러운 소리에 아랫집 김씨가 쫓아 올라와 빗자루를 빼앗아 서산댁 대신 모질게 내리친다.

— 요른 씨부낭구 같은 개년놈들이 밤낮 난리여.

그제야 두 마리의 개는 마지못해 헤어지는 견우직녀의 눈빛으로 슬그머니 떨어진다. 풍산개는 서산댁네 마당 한쪽에 있는 살구나무 아래 제집으로 들어가 슬금 꼬리를 감추고, 우리 집 진돗개 흑구는 소나무 밑 제집으로 들어가 끙, 앓는 소리를 낸다. 각자 제집으로 들어가 빼꼼 목만 내밀고 밖의 동정을 살피는 풍산이와 흑구는 아직 연정이 끝나지 않은 눈치다. 나는 속으로 개들을 나무란다. 왜 하필 서산댁 눈앞에서 일을 벌여 매를 버냐, 벌길! 천지가 온통 산인데.

서산댁은 나 들으라는 듯이, 혹은 온 산천에게 들으라는 듯이 소리친다.

— 아유, 속상해서 이를 어째? 풍산이가 새끼 배면 어쩌

냐구 글쎄.

나는 안절부절 못하며 거실에서 방안으로 다시 주방으로 왔다갔다 서성인다. 개들이 흘레붙는 장면을 보는 것도 민망하지만 그보다는 소리소리 지르는 서산댁 얼굴을 마주보기가 더 민망해서 안에서만 바둥댄다. 개들이 난리를 부릴 때마다 소리를 지르는 서산댁을 지켜보는 일 또한 얼마나 낯 뜨거운가 말이다.

김씨가 내 집 쪽으로 걸어와 두어 번 헛기침을 한다.

— 민씨, 민씨 안에 있수?

나는 죄를 지은 사람처럼 당황해서 제 자리를 빙빙 돌다가 고장 난 MP3로 연결된 이어폰을 얼른 귀에 꽂는다. 그리곤 옷을 대충 챙겨 입고 이제 막 외출중이라는 듯 현관 문을 확 열어젖힌다. 안으로 몸을 들이밀던 김씨가 내 어깨에 퍽 엎어질 듯 간신히 지탱한다.

— 아, 안에 있음서. 밖에서 그 난리를 치르는데 기척두 없수?

나는 밖에서 무슨 일이 있었는지 아무것도 모르는 사람처럼 정중하게 고개를 숙인다. 그리곤 급한 약속이 있는 사람처럼 급히 신발을 꿰신곤 시침을 뚝 따고 자동차 쪽으로 재게 걸어간다.

개 난리Dogs Festival

— 어딜 가슈? 아, 어딜 가냐구?

김씨가 따질듯이 따라나서고 서산댁이 쥐어박듯 소리친다.

— 여보슈, 민씨. 우리 풍산이가 새낄 배면 어칙헐규 오잉? 그러니께루 붙잡아 매라는디두…….

시늉뿐인 이어폰 속으로 두 사람의 말소리는 죄 들리지만 못 들은 척 음악에 맞춰 어깨를 약간 둥싯거린다. 그리곤 자동차 안으로 들어가 시동을 건다. 무언가 할 말이 있는 듯 손짓하는 김씨도, 빗자루를 휘이휘이 내젓는 서산댁도 백미러 안으로 얼핏 비춰든다. 두 사람의 관계에 대해 나는 아는 바가 없다. 육촌 오라비라고도 했고 어릴 때부터 알던 사이라고도 했고 연하의 애인이라는 설도 있고. 아무튼, 소문은 내 알바 아니다.

무이리 산속 비포장도로를 벗어나 4차선 도로에 섰을 때 나는 겨우 후유, 숨을 내쉰다. 지랄 같은 여편네 같으니라구. 소크라테스의 마누라도 아닌 처지에 악처흉내를 자청하는 이유는 도대체 무언가 말이다. 나는 신중하게 생각해 본다. 여길 떠나야 하나 어쩌나. 떠나는 이유는? 그야 뭐 말 할 것도 없이 저 극성쟁이 서산댁 때문이지. 서산댁이 뭘 어쨌기에? 뭘 어쩌긴. 사사건건 시비를 걸고 패악을 부

하얀 정사

리니 내 살 속 영양소가 쭉쭉 빠진단 말이지. 그뿐인가, 감자를 심을 때마다 상머슴 부리려 들고.

내 안의 나와 또 다른 내가 떡메를 치고 있다. 자네가 왜 휘둘리나 휘둘리길? 아, 누가 휘둘리고 싶어서 휘둘리는가. 이유나 들어봄세. 너무 다그치지 말게. 그럴 만한 사정이 있다네. 혹시? 혹시 뭐? 혹시 서산댁을 마음에 두고…… 에라이 순!

내 안의 두 사람이 다툼질을 하고 있을 때 전화벨이 울린다. 고교 때부터 친구인 장 교수다.

— 어이, 민 교수, 잘 지내고 있는가? 개는 잘 있는가?

— 잘 있기는. 말도 말게.

나는 개 난리를 주절주절 늘어놓는다. 장 교수는 개들이 아예 축제(festival)를 벌이누만. 하고 하하하 호탕하게 웃는다. 나는 흑구를 어떻게 하면 좋으냐고 하소연한다.

— 어떡하긴 이 사람아. 덕분에 개 애비도 되고 좋지. 과부랑 나란히 자식 키우듯 어여쁜 재롱 보면 좋지 않겠나? 그 첩첩산중에 할 일이 뭐 있나?

— 새끼, 새낄 낳으면 어쩌냐구 이 사람아! 안채 여자가 난리란 말이지.

— 봉평 장날 내다 팔면 되잖나?

— 뭐? 날보고 개장수, 뭐 그런 거 하란 말인가?

— 아니 뭐 그러려고 흑구를 키운 거 아닌가? 용돈 좀 챙기고 좀 좋아?

— 에이, 사람두. 염장 좀 그만 지르고 끊게.

나는 전화를 끊고 멍하니 차 안에 앉아 있다.

— 이 사람아, 산골에서는 개가 꼭 있어야 한다네. 자네 적적할 제 울타리도 되어주고. 종자 좋은 놈을 구해 볼 테니 씨를 내서 팔아보게. 반띵 나랑 반띵! 어떤가? 하하하.

장 교수의 농담을 어물쩍 넘기긴 했지만, 그 말에 솔깃하지 않았다면 거짓일 것이다. 그 말을 한 후 서너 달 만에 찾아왔던 장 교수의 품 안에는 정말로 새끼 강아지가 안겨 있었다. 서울과는 달리 겨울 산골은 오후 해가 넘어가면 주위가 먹물을 삼킨 듯이 캄캄하다. 그 고요 속에 나와 함께 숨 쉬고 있는 생명이 있다는 것이 신기하고 정이 갔다. 새벽마다 머리맡에 와서 끙끙거리는 고것이 여간 귀엽지 않았다. 한 달도 안 된 새끼에게 예방접종을 하고 회충약도 먹이고 배설물을 치우고 목욕을 시켜 밤이면 품에 안고 잤다. 하지만 점점 몸집이 불어나면서 방안에서 기를 수만은 없게 되어 밖에 내놓았다. 처음엔 어린 것이 안채 강아지랑 동무가 되어 뒹구는 것이 여간 신통하지 않았다. 그런데 뜻하지 않게 풍산이와 흑구는 하늘이 맺어준 인연처럼 걸핏하면 짝짓기를 해서 서산댁을 성가시게 했다. 서산댁은 흑구를 묶어 놓으라고 닦달질을 했지만 나는 그러고 싶지 않았다. 이 자연 속에서까지 강아지에게 목줄을 채운다는 것은 내 팔다리가 묶이는 것처럼 답답하다. 짝짓기를 하면 좀 어떤가. 이 첩첩산중에서 건강한 암수컷의 발정을 어쩌란 말인가.

집에서 피신해 온 나는 나도 모르게 도서관 앞에 와 있었다. 딱히 갈 곳이 없었던 모양이다.

도서관 창밖을 통해 보이는 시골의 조용한 풍경은 고향 마을의 수채화 같았고 창밖 나뭇가지에서 움돋이를 시작하는 생명이 탱탱하게 봄을 물고 있었다.

여긴 참 좋네요. 곁에서 속삭이는 듯 들려오는 아내의 목소리에 글썽 눈물이 피어오른다. 루게릭, 알츠하이머 등 희귀병을 치료하는 의약품 개발에 매달리느라 아내가 암세포와 싸우는 줄도 모르고, 나는 십이지장 궤양에 시달리며 연구에만 몰두했었다. 아내를 보내고 너무나 후회가 된 나는 의욕을 잃고 몇 년 동안 우울증을 앓았다. 소 잃고 외양간 고친다더니……. 삶은 참으로 아이러니하게도 새로운 국면을 맞는가 싶다.

시간에 쫓기다 보니 전공 서적 외에 책은 늘 뒷전이었다. 그래도 책을 가까이하는 아내가 있어서 보는 내내 즐거웠었다. 아내가 권해주던 보들레르의 「악의 꽃」을 읽은 충격은 지금도 잊을 수가 없다. '호르헤 루이스 보르헤스'라는 이름을 아내의 입에서 처음 들었을 때 어쩐지 아내가 어느 신비의 나라에서 온 여인처럼 여겨져 그날 밤 불탔던 기억도 새롭다. 보르헤스가 빵 이름이오? 내가 물었을 때 아내는 나직하게 웃었다. 그 말(言)을 시(詩) 쓰면 재미있겠네요. 그리곤 보르헤스 책을 손에 쥐여주면서 곱게 눈을 흘겼다. 어디 가서 그런 말 말우.

명색이 자연과학 교수가 21세기 지식인 보르헤스를 빵 이름으로 착각할 정도였으니 나도 어지간히 맹물이긴 했다. 그래도 아내는 '유혹하는 글쓰기' 반에서 신경림 시를 읽었고, 서정주의 「질마재 신화」에 대해 배웠고, 소설은 시에 비해 재미는 있지만 쓰기는 여간 어렵지 않다고 조곤조곤 이야기해 주었다. 나는 아내의 그 나직한 이야기들이 참 좋았다. 아내는 참 행복한 그림을 그리고 있구나, 그 생각만으로 따뜻했다. 여학교 선생을 하면서도 늘 손에서 책을 놓지 않던 아내의 깊고 그윽한 그 열정이 가슴에 남아 책은 지금도 나를 설레게 한다.

혹구와 함께 하는 아침 산책도 즐겁다. 아직 잎이 트지 않은 숲에는 숨어서 몰래 뿜어낸 색시의 욕정같은 노란 생강꽃이 산속 여기저기 속속들이 피어 있다. 나뭇가지 끝에 매달린 물방울은 아기 웃음소리 같다. 자연은 손으로 쥘 수도 소유할 수도 없는, 천만금을 주고도 살 수 없는 보물이기 때문에 더 소중한가 보다. 아기 송곳니처럼 돋아나던 나뭇가지 움들은 연한 연둣빛에서 초록으로, 초록에서 짙푸른 녹색으로 변해가고 있다. 마당에는 민들레 제비꽃 할미꽃이 지천으로 피어 있다.

아침 산책에서 돌아오자마자 풍산이가 혹구와 서로 엉키며 또다시 접신을 한다. 서산댁이 또 퍼붓는다. 찌그러진 양은 밥그릇 소리가 요란하게 산속에 메아리친다. 소리치던 서산댁이 약이 올랐는지 긴 호스를 늘여 두 마리 개에게 마구 쏘아대며 깔깔 웃어댄다.

— 더우니께 죽것지러. 죽것지러. 시원허냐? 인자 시원허냐?

쫓아가서 호스를 빼앗으려던 나는 쯧쯧 혀를 차고 안으로 들어온다. 못다한 정을 나누는 짐승들이 뭔 죄가 있다고 밤낮 심술을 부리는지 원.

나는 미련을 버리지 못했던 전공 서적을 담은 책 박스를 과감하게 밖으로 내놓고는 다락에 있던 박스를 풀어 집안 벽면 가득 책으로 채운다. 학생 때 건성으로 읽었던 고전과 명작을 따로 분류해 놓고 틈틈이 읽으리라 다짐했던 책들이다. 아내의 책을 버리지 않고 가져오길 잘했다는 생각도 든다. 온갖 자질구레한 짐들과 낡은 가구들을 밖으로 몽땅 꺼내놓자 서산댁이 또 참견이다.

— 이살 갈려구 그류?

마음이 심란하고 공연히 부아가 치민다. 서산댁의 눈길을 피하며 나는 속으로 우물거린다. 당신의 그 저질스러운 욕질만 아니라면 이살 갈 것까지야, 뭐.

서산댁은 내가 이사 가는 것을 원치 않을 것이다. 왜냐하면, 작년에도 2백 평이나 되는 감자밭 흙을 돋우고 씨감자를 심고 감자를 캐고 서산댁을 도왔으니까. 물론 농사일에 서툰 나는 김씨를 돕는 보조역할에 불과했지만 그래도 시간을 뺏기는 것이 여간 아깝지 않다. 봄, 가을 2모작 감자 농사는 나에게는 퍽 벅차다. 생전 처음 해보는 호미질, 삽질, 괭이질은 손에 물집만 생기고 얼굴은 새까맣게 그을리고 무릎, 허리 관절이 아파 밤새 끙끙 앓기 일쑤다. 몸이 안 좋아서 허리를 펴고 누워 있으면 서산댁은 꾀병이라며 윽박지른다. 내가 옴쭉 못하고 그녀의 비위를 맞추려 애를 쓰기 때문에 더불어 그녀의 위세도 세졌을 것이다. 이곳에 부지를 마련해 놓고 잊고 지냈었다. 내가 마치 인류에 공헌을 할 사람처럼, 혹은 홉킨 박사라도 앞지를 양으로 사명감에 불타던 시절이었으니, 시골이니 부지니 그런 건 염두에도 없던 때였다. 이 사람아, 자네 아내도 시골살이가 꿈이잖나. 만날 때마다 혹은 전화로 보채는 장 교수가 귀찮아서 가보지도 않고 엉겁결에 계약을 맡겼다. 노년에 시골에서 이웃하며 나란히 살자던 장 교수의 성화가 아니었으면 꿈도 못 꿀 일이었다. 그러나 느닷없이 아내를 잃고 내 건강의 이상을 발견하고서야 교수직과 서울살이를 미련없이 정리했다. 시골에 집을 지으려고 했을 때, 부지를 잘못 샀다는 것을 알았다. 엉터리 부동산중개인에게 속아 평당 50만 원씩이나 주고 산 천칠백 평이 맹지였던 것이다.

삼천 평을 계약한 장 교수 땅도 물론 맹지였다. 평창동계올림픽을 핑계로 후린 기획부동산에게 장 교수와 나는 제대로 당한 것이다. 우리는 며칠 끙끙 앓다가 강원도 일대로 땅을 보러 다녔다. 2년을 돌아다녀도 이만 한 곳이 없다는 결론을 얻었다. 맹지에 대한 미련 때문이었을까. 언젠가는 그 부지에 집을 지으리란 희망 때문이었을까. 알을 품은 형상으로 포근하고 안온한 무이리 지형이 안락의자처럼 처음부터 좋았다. 무엇보다도 아내도 이곳을 퍽 좋아할 것 같았다. 나중에 안 일이지만 700고지인 이 집터는 고기압과 저기압이 만나는 지점이어서 사람 살기에 똑 알맞은 곳이라고 했다. 마침 서산댁 집 옆에 백 평 대지에 20평 2층으로 지은 목조로 된 빈집이 있어서 덥석 사버렸다. 서산댁이 길을 내주지 않는 한, 맹지에 집을 지을 수는 없고 장 교수는 서산댁과 어떻게 잘 해 볼 수 없느냐고 나를 꼬드기다 못해 때론 압력을 넣었다. 이쪽으로 발걸음이 잦은 걸 보면 장 교수도 꽤 오고 싶은 눈치였다.

서산댁의 옆집에 산다는 것은 내겐 불운이었다. 개도 문제지만 그보다 더 심각한 것은 우물이었다.

우리 집과 함께 쓰는 식수의 뿌리는 서산댁 집 안에 있었다. 첫 주인이 집을 지을 때 친구와 나란히 이웃해 살자며 지하수 관정을 하나만 팠다는데 그 친구 둘은 뿔뿔이 흩어져 이사를 갔고, 그 집터에 서산댁이 먼저 자리 잡았던 것이다. 우물이 없는 집은 무용지물인 것을 나중에 알아차렸지만, 사태는 생각보다 심각했다.

우물을 파려고 지하수 관계자를 데려다가 며칠 여기저기 수맥을 찾아보았다. 하지만, 물길이 잡히지 않았다. 행여 물길이 잡혀도 깊게 파야 한다고 했다. 깊게 파면 옆집 물길이 막히고, 옆집 물길이 막히면 서산댁이 더 깊게 팔 것이고 그러면 또 내가 더 깊게 팔 것이고……. 싸움은 법정으로까지 이어질 판이었다. 나는 복잡하게 얽히는 것이 싫었다. 그저 책이나 읽고 건강을 돌보며 조용히 살기를 원했다. 그래서 서산댁에게 져주기로 하고 물 구걸까지 한 처지다.

서산댁은 전에 내 집에 살았던 아이 셋 딸린 애기 엄마한테서는 물세로 매달 십만 원씩 받았다며 걸핏하면 엄포를 놓는다. 그게 사실인지 어쩐지 그렇다니까 그런 줄은 알지만……어쨌든 물 없이는 살 수 없고 왜 속였느냐고 부동산에 가서 따져 물을 수도 없지 않은가.

이런 속내를 봉평 읍내에 있는 '가방 속 커피 향기' 찻집에 들러, 주인에게 가끔 주절주절 늘어놓았다. 어쨌거나 조용한 시골살이를 하자면 좋게 좋게 넘어가는 것이 상책이라고 동네 이장이며 어른들의 귀띔처럼 찻집 주인도 서산댁의 비위를 맞추라는 투다. 시골에서는 이웃과 잘 지내지 못하면 고달프다는 것이 이유다. 아무튼, 이래저래 속 깊은 사정이 있다 보니 나는 옴쭉도 못하고 서산댁 눈치만 보는 머슴 아닌 상머슴이다.

서산댁이 원하는 대로 고분고분 상냥해야 할 터인데 사사건건 뻣뻣하게 구니 누가 좋아하겠는가. 지난해에도 일주일 만에 딸네 집에서 돌아온 서산댁은 감자밭을 보더니 활랑 뒤집어졌다.

— 워매 이를 어째? 수냉이를 죄 잘라버렸으니 이를 워쩐대유?

서산댁이 집을 나서면서 감자꽃을 따주라고 했을 때 나는 왜 예쁜 꽃을 잘라내느냐 물었었다. 영양이 엉뚱한 데로 가는 걸 막아야 하기 때문이라고 그녀는 대답했다. 나는 감자꽃을 많이 따 줄수록 감자알이 커지는가 싶어 감자꽃 수냉이를 모조리 잘랐던 것인데 오히려 감잣값을 물어내라며 고래고래 소리를 지르며 야단이었다.

— 도대체 민씨는 뭣을 했던 사람이래유? 굴속에서만 살다 왔나베유? 이렇게 답답혀서 마누라 속깨나 뒤집어졌을 것이유.

내 딴에 열심히 돕는다고 허리 아픈 것도 참고, 책을 읽고 싶은 유혹도 물리치고 감자꽃 따는 일을 마쳤는데 온통 엉망으로 망쳐놓은 꼴이었다. 감자 농사를 망쳐놓았으니 반은 물어주기로 합의를 보았다. 서산댁은 구시렁대면서도 반찬이며 국이며 아카시아 꽃떡이며 화전이며 붙여놓고 김씨와 나를 함께 불러 놓고 젓가락을 쥐여주었다. 영악하고 패씸한 여편네 같으니라구. 다시는 일을 시켰단 봐라.

어쨌거나 나는 마음이 바빠졌다. 박스 안의 책을 모두 꺼내서 사회과학, 자연과학, 고고학, 철학, 인문학은 따로 분류해 책장에 꽂는다. 그리곤 학생 때 건성으로 읽던 고전과 명작, 붉은 줄을 쳐가며 아내가 몇 번씩이나 읽은 보르헤스와 보들레르, 르 끌레지오, 브라우닝 시집은 따로 분류한다. 집안이 한결 밝아지고 한껏 생기가 난다.

아침저녁으로 뒷산으로 발걸음을 하다 보니 저절로 산책로가 만들어졌다. 눈앞을 가리는 나뭇가지도 쳐주고 발에 차이는 돌을 옆으로 치워놓고 보니 제법 호젓한 호사를 누린다. 그 산책로에 브라우닝의 시와 신경림의 시를 코팅해서 나뭇가지에 걸어두고 발길 닿을 때마다 잠깐씩 서서 눈 맞춘다. 가끔 다람쥐가 계곡물에서 물을 마시기도 하고 고라니, 너구리가 숨어서 눈을 뒤룩거리는 걸 모른 척 슬쩍 지나치기도 한다. 길을 안내하듯이 종종거리며 앞서 걷는 꿩의 모습을 보는 재미도 쏠쏠하다.

나는 식사 세 끼를 거르지 않고 일찍 자고 일찍 일어나는 습관을 가지려고 노력했고 하루 3시간 이상은 책을 읽으려고 애썼다. 규칙적인 식사와 운동으로 생활하다보니 약이 없어도 견딜 정도로 건강에 자신도 생겼다. 지난주에 서울 병원에서 정기검진을 받았는데 예상외로 결과가 좋아졌다. 수술 예약일이 잡혔지만 완강하게 거부했다. 암도 함께 갈 생각이었고 이대로 사는 날까지 평온하게 지낼 작정이었다. 맹지에 대한 욕심도 버리고 매월 물세도 물어줄 생각이었다. 결국, 나는 예순이 훌쩍 넘어서야 하고 싶은 일을 겨우 찾은 셈이다. 아내의 원대로 진작 이런 곳에 살았더라면 아내는 아프지 않고 혹 시인이 되었을까.

아내가 임종 전 말했다. 내가 극한 상황에서 잘 견딜 수 있었던 것은 당신이 옆에 있어서이기도 했지만, 책이 있어서 훨씬 수월했어요. 책을 읽을 때는 아픔이 훨씬 덜했거든요. 그것이 위안이었고 아파도 난 불행하지 않았어요. 헌데 연구밖에 모르고, 세상 물정에 어두운 당신을 두고 가려니 그것이 슬퍼요.

어쩌면 그때부터 책이 내 안으로 쑥 들어왔는지도 모른다. 안심찮은 내가 스스로 못 미더워서 잘 견디려고 말이다. 책이 아내를 대신 해 줄 수 있을 것이라는 믿음 때문인지도 모른다. 나는 두 주먹을 쥔다. 못 견딜 것도 없지.

'해 보지도 않고 포기하는 것만큼 어리석은 일은 없다.'

하얀 정사

늘 학생들에게 이르던 내 말이다.

산천은 하루하루가 다르게 변하였다.

점심을 먹던 김씨가 젓가락으로 집은 내 고기를 꾹 누르곤 눈을 흘기다가 어어어? 벌떡 일어나 풍산이를 가리킨다.

— 기어코 씨를 얻었나뷔?

풍산이의 배가 눈에 띄게 불룩해져 있다.

— 워매워매 그러고봉께 틀림없구만유. 아고고! 이를 어째?

서산댁은 내 밥그릇을 채가며 소리친다.

— 밥이 목구녕으로 넘어간대유, 시방?

나는 지금의 평온을 깨트리기 싫다. 그래서 젓가락을 쥔 채 심드렁하게 대꾸한다.

— 이제 와서 어쩌겠소? 되돌릴 수도 없고.

— 허이구, 말은 됩데 쉽게 허네유. 증말 워쩌면 좋냐구유? 오잉?

서산댁은 또 찌그러진 개밥 그릇을 탕탕 두드려댄다. 밥그릇을 두드리는 것이 흑구에게 가장 큰 엄포라는 것을 알고 하는 짓이다. 나는 젓가락을 내려놓고 서산댁을 노려본다.

— 아, 귀가 시끄럽소. 그 양재기 좀 그만 뚜드리면 안 되겠소?

김씨가 활활 타고 있는 불길에 석유를 들이붓는 격으로 나서서 대거리한다.

— 아, 민씨는 텔레비도 안 보는감? 세상 돌아가는 꼴 몰류? 미투 사건인가 뭔가 그게 시방 이 꼴 아닌가베?

— 아니, 미투 사건을 왜 여기다 끌어다 대요? 개들이 뭘 어쨌다구?

— 뭘 어째긴. 흑구가 책음져얄 것 아닌가베? 지랄 발광하는 거 지난번에 봤잖음?

— 지랄 발광이라뇨? 말을 꼭 그렇게 해야겠소?

— 지랄 발광이지 그럼. 그게 사랑이요, 연애요?

— 사랑이든 연애든, 아니 할 말로 흑구만 그랬던 거요? 이웃집 개들도 와서 풍산이에게 덤벼들어 막.

— 막? 막 뭐요?

— 막 거시기.

서산댁이 입에 침을 튀긴다.

— 막 거시기 뭘 어쩌겠다는 기유? 책음지기 싫으니께 미꾸라지맨치 뺀즐대는 것 좀 봐, 시방!

— 하참. 근데 뭘 어떻게 책임져야겠소? 아니 할 말로 흑

구 혼자 새낄 만든 것도 아니잖소.

— 뭬 뭬라?

울그락푸르락대는 서산댁이 머리를 싸쥐는 시늉을 하자
김씨가 대신 나선다.

— 당신네 흑구가 풍산이를 덮쳤잖우? 그러면 미안해서
라도 책임져야 할 것 아니우?

— 범하긴. 풍산이가 흑구를 범했는지 어찌 알겠소?

— 워매, 말이 씨 되는 소리를 허슈. 암놈이 수놈을 범하
는 일도 있다남유?

서산댁이 쌍심지를 돋우고 나선다.

나는 풍산이가 흑구보다 더 적극적인 장면을 떠올리며
한마디 한다.

— 안 그렇다는 보장은 없지 않소?

— 아니, 이 양반이 지끔 누구 염장 지르는기유?

— 즤들끼리 서로 쌍방 합의하에 이루어진 일이라면 오
히려 경사가 아니오?

— 뭐? 경사유? 뭔 경사? 뭔 경사냐구유?

— 아니 할 말로 내가 시킨 것도 아니잖소.

김씨가 과장되게 소리친다.

— 그래도 그렇게 말하는 건 아니지 않은가베?

― 그럼? 어떻게 해야 좋겠는지 속 시원히 말해 보시오. 구체적으로.

서산댁이 한탄하듯이 일장 사설을 쏟아낸다.

― 구체적으로다가 내 앞날이 캄캄허유. 풍산이 산간 할 일이. 탯줄은 누가 끊고, 새끼 낸 담에 산간은 누가 하냐구요. 난 증말 못하우. 저번날 딸네집 갸이새끼 산 구완에 진저리가 난단 말이오. 개년 산간이 딸년 산간보다 더 별스럽고 어려웁디다. 딸년은 병원에서 죄 잘라주고 조리원에서 뜨끈뜨끈 지지면 그만이지만. 아이유 내 팔자야. 이 나이에 또 개 산간이라니.

서산댁의 설레발에 나는 눈만 두릿거린다. 나는 그런 일은 통 자신이 없다.

아내가 아이를 낳았을 때도 장모가 척척 나서서 해 주고, 딸아이가 호주에서 아이를 낳았을 때도 저의 시어머니가 노래 부르며 해 주었다는데. 내가 뭘 어떻게 할 것인가. 그것도 개 산구완을 말이다.

나는 어물어물댔다.

― 나도 개 산간은 통 모르는데.

서산댁이 다그친다.

― 모르면? 모르면 어쩌겠다는 기유? 배 째라 이거유?

— 그럼 어째야 하오?

— 어쩌긴 뭘 어째요. 산구완을 도맡아야지.

겁에 질린 내 입에서 엉뚱한 말이 툭 튀어나온다.

— 솔직히 새끼가 흑구 씨인지조차 모르잖소 뭘?

김씨가 톡 나선다.

— 뭬라? 그걸 말이라구 하쇼? 개들이 하는 꼴 봐놓구도? 민씨 그렇게 안 봤는데 이제 보니 순 사기꾼에 음흉하기까지 하구료.

— 뭐라구요? 개들 일에 그렇게까지 막말을 해야겠소? 아닌 말로 다른 개들도 왔다 가고 풍산이도 슬금슬금 딴 데 놀러도 가고……

— 점점 파렴치하기까지!

— 파렴치? 내가 흑구한테 그러라고 시키길 했소? 물 떠놓고 빌길 했소? 아님 주술을 걸었소? 왜 나한테 생떼요?

서산댁은 풍산이를 데려가서 책임지라고 바락바락 악을 써댄다.

— 어떻게 책임지면 되겠소?

— 첨으로 되돌려 놓으우.

— 되돌려? 어떻게? 하참! 새끼를 빼내란 말이우?

나는 난감해서 혀를 찬다. 두 눈을 허옇게 까뒤집고 나를 노려보던 서산댁은 안으로 휑 들어가버린다. 나는 김씨의 꽁무니에 따라붙어 미안하다고, 말이 과했다고 극구 사과했지만, 머릿수건을 두르고 아예 싸고 누운 서산댁은 들은 척도 하지 않는다. 그만 가보라고 김씨가 떠민다. 나는 이웃끼리 잘 지내고 싶고, 빨리 타협하고 고요해지고 싶다. 책 읽는 재미에 빠진 나는 허투루 보내는 시간이 아깝다. 밤새 고민하던 나는 썼다 지우기를 반복하며 서산댁에게 사과 편지를 썼다. 그리곤 풍산이에게 먹이라고 서툴게 미역국까지 끓여 솥째 들여보냈다. 안절부절못하는 내 모습을 힐금힐금 보던 김씨가 눈에 심지를 돋운다.

— 민씨, 당신 혹시 안집에 흑심 있소? 즘잖은 줄 알았더니, 호박씰 까네 그려.

— 뭐요?

— 없다면 왜 편지질을 하고 아양을 바치오? 그리고 개새끼 구완하는데 웬 미역국이란 말이오?

— 미역국이 어때서요?

— 안댁이 애를 낳았소? 사골국이라면 모르지만.

— 사골국이나 미역국이나 그게 그거 아니오? 근데 그걸 왜 참견이오?

김씨의 주먹에 파르르한 힘줄이 들어가 있다. 나도 모르게 내 주먹에도 힘이 간다. 차라리 죽기 살기로 한 판 싸움질이나 해 볼거나?

서산댁이 고개를 쭉 빼고 소리친다.

— 어쨌거나 미역국은 잘 먹었수. 생각보덤은 먹을만 하데유.

작은 산골 마을은 소문도 빨랐다. 민씨가 서산댁에게 마음을 두고 편지질을 해대고 미역국을 끓여 바치니 서산댁이 그 나이에 애를 서는가보다고, 애 주인이 민씨라고들 짓까부른다고 입소문이 활활 번졌다. 나는 아차 싶었지만 그렇다고 동네방네 확성기로 방송을 할 수도 없다. 분이 나서 며칠째 잠을 이루지 못했을 뿐이다.

그 와중에 풍산이는 새끼를 5마리를 낳았고 탯줄은 김씨와 서산댁이 끊었는지 어쨌는지 물어볼 수도 없었다. 김씨와 서산댁은 새끼를 분양해 갈 사람을 찾아 여기저기 수소문했지만 결국 수컷만 가져가고 암컷 두 마리가 오롯이 내 몫으로 떨어졌다. 암컷을 꺼리기 때문이라고 했다. 나는 할 수 없이 암컷을 도맡을 수밖에 없었다. 서산댁 눈치를 슬슬 보던 나는 흑구에게 목줄을 채워야 했고, 새끼 두 마리도 몸집이 커지자 목줄을 채우지 않을 수 없었다. 암내를 맡은 동네 수컷들은 시도 때도 가리지 않고 우리 집으로 몰려왔다. 나는 새벽 2, 3시까지 개들 곁을 지켜야 했다. 졸다가 모기한테 물어뜯기다가 망을 보다가 또 졸다가 개들이 오면 돌멩이를 던지고 작대기로 쫓고 그렇게 여름이 갔다. 내가 수고한 보람도 없이 개들은 쥐도 새도 모르게 사랑인지 정사인지를 벌였는지 두 마리 암컷이 동시에 배가 불렀다. 그리곤 하루 이틀 사이에 새끼를 낳았다. 하참. 개 난리, 아니 개 축제가 따로 없지 싶다.

13마리의 새끼들은 무럭무럭 자라서 방안에 가득 넘쳐났다. 집안은 온통 개 먹이와 배설물로 난장판이었다. 책 읽을 틈은 좀체 나지 않았고, 산책도 여의치 않았다. 나는 장 교수를 원망하며 자네가 시작했으니 마무리 지으라고 전화로 퉁바리를 주었다.

— 잘 됐네. 새끼 개를 봉평 장날에 내다 팔고 과부댁이랑 알콩달콩 살아보게. 그러면 맹지에 길을 터줄 터이고, 자네 덕에 나도 집을 지을 수 있지 않겠나? 그러면 친구도 생기고 아내도 생기고 개도 기를 수 있고 누이 좋고 매부 좋고 좀 좋은가. 하하하.

나는 장 교수의 전화를 끊어버리긴 했지만, 장날에 내다 팔라는 장 교수의 귀띔에 아, 그렇구나. 무릎을 쳤다. 봉평

하얀 정사

장날, 나는 세 개의 박스에 13마리의 개들을 나눠 담고 장에 갔다. 어디에다 개를 내놓고 어떻게 팔아야 할지 난감한 나는 그리 넓지도 않은 봉평 장바닥을 기웃대며 시간만 자꾸 흘려보낸다. 점심조차 쫄쫄 거른 채 자동차 안에 하릴없이 앉아 개를 지켜야 했다.

— 자네 어딘가?

장 교수가 전화로 물었다.

— 봉평장에 개 팔러 나왔네.

— 근데 자네 목소리가 왜 그렇게 풀이 죽었나?

— 말도 말게. 일생을 바쳐온 연구까지 버리고 자유를 찾아 여기까지 왔는데 내가 지금 여기에서 왜 이러고 서 있나, 참으로 한심하다고 생각하는 중이네.

— 힘내게, 민 교수. 산속에 홀로 사는 과부네 개 구제해 준 것만도 어딘데, 좋은 일 한 거라네. 하하하.

— 이 사람아, 미투 사건이 한창 뜨거웠던 걸 잊었나? 농담이라도 그런 말 말게.

나는 불퉁을 주었지만 장 교수의 말은 틀린 말이 아닌 듯싶다. 즈덜 좋으면 그만이지. 흐드러지게 꽃 피는 이 산골에서 사지 멀쩡한 짐승이 종일 무얼 하겠나.

나는 '세상 물정 어두운 당신을 두고 가려니 슬퍼요' 하던 아내도 떠오르고 '굴속에서 살다왔나베유?' 하던 서산 댁 말도 떠올랐다. 그야말로 세상살이가 녹록지 않은 삶의 현장을 이제야 제대로 체험하는 중이다. 하참. 내 인생이 하 어쭙잖아서 하늘을 바라보는데 누군가 아는 체를 한다.

— 민씨 아저씨. 웬일이래요?

돌아보니 찻집 주인이다. 지푸라기라도 붙잡는 심정으로 자초지종을 설명했다.

— 그게 뭔 큰일이라고 세상 다 잃은 표정이래요?

그는 대수롭지 않다는 듯 픽 웃으며 나를 앞세운다. 그는 봉평 시장 한 귀퉁이 국밥집 처마를 가리키며 여기 서서 개를 팔라고 한다. 얼마를 받아야 하느냐는 내 물음에 그는 한 2만 원 정도? 하고는 바삐 가버린다. 나는 도둑질하는 사람처럼 여기저기 주위를 살피며 바닥을 정리해 놓곤 강아지 박스를 세 번째 옮겨 놓는다. 강아지들이 자꾸 기어 나온다. 나는 몹시 애를 먹는다. 한 놈 잡아 박스에 넣으면 또 한 놈이 기어 나오고 다른 놈이 또 기어 나와 장바닥을 온통 헤집고 다닌다. 장삿꾼들이 너도 나도 강아지를 주워다 준다.

— 아자씨, 이 갸이새끼 얼마래요?

한 노파의 물음에 나는 얼결에 만원, 하고 소리친다. 내

하얀 정사

가 거둔 짐승새끼를 팔아먹는다는 것이 영 찜찜하고 공짜
로 주자니 너무 막 내돌린다는 생각에 여간 고역이 아니
다.

— 만 원은 무슨. 오천 원만 받드래요.

오천 원짜리 한 장을 던지고는 강아지 한 마리를 골라 가
는 노파를 멍하니 보고 있는데 귀에 익은 목소리가 나를
부른다.

— 어이, 개장수 민 교수! 개는 잘 팔리나?

아우 저 웬수! 그는 교수라는 말이 난감하다. 하지만 장
교수가 반갑기도 해서 그저 허허허, 멋쩍게 웃을 수밖에
없다. 어쨌든 넉살 좋은 장 교수 덕분에 개장수에게 개를
거저 주어버렸다.

국밥집에 앉았을 때 수군거리는 소리가 귓가에 박힌다.

— 요즘 봉평은 시골도 아니래요. 서울서 온 신식 양반이
과부댁을 임신시켜 편지도 써 주고 미역국도 끓여줬다매
로?

— 오메, 그런 살콤한 로맨스가 있었드래요? 근데 과부
댁이 몇 살이래요?

— 예순이 후딱 넘었다나 봐요.

— 그 나이에도 애를 배나베?

— 나이가 뭔 상관이래요? 요즘은 예순도 청춘이래요.

— 혹시 봉평장날 배경으로다가 영화 찍는 기 아닌기요? 개장수랑 과부댁 머 이런 거?

그네들의 수다에 장 교수가 푸아아, 웃는데 나는 죄인처럼 움츠러들어 쥐구멍을 찾고 있다.

— 허이, 민 교수, 자네, 나 모르는 새 거기까지 진전됐나? 흑구 덕에 자네 새장가 들게 생겼네 그려. 잘했네, 참 잘했어. 하하하……

나는 안절부절못하며 제발 교수라는 말 좀 빼달라고 눈을 부라리는데 카페 주인이 툭 치며 곁에 앉는다.

— 민씨 아저씨. 개는 다 팔았대요? 개값은 잘 받았대요? 개 값 받은 걸로 국밥 한 그릇 사래요.

카페 주인은 개 때문에 고생하지 말고 펜스를 치라고 일러 준다. 나는 밖으로 시선을 비낀다. 마치 내가 펜스에 갇힌 것처럼 지레 울적하다.

파장한 장꾼 무리가 하나둘 국밥집 안으로 들어서고 있다. 나는 슬그머니 일어나 사람들의 수군거림을 피해 밖으로 나온다. 이제 막 모습을 드러내기 시작한 저녁 달이 봉평 장 서녘에 걸려 시름없이 졸고 있다. **(시선 발표)** ✈

하얀 정사

자운영꽃 필 무렵

아무리 사랑해도 허기를 채울 수 없다는 '가연'의 외로운 독백과, 긴 세월 무섭도록 절제된 사랑을 보여준 '아버지'의 처연한 모습이 강렬한 인상으로 남는 작품이 **「자운영꽃 필 무렵」**이다.

자운영꽃 필 무렵

1

어머니의 입술이 담뱃진으로 꺼멓게 탄 이유를 나는 서른 살 무렵에 알았다. 담배를 피우지 않는 아버지가 어머니에게 왜 고급 담배를 사다 주었는지 그 이유도 그때 알게 되었다.

2

— 이건 완전 장례식 행렬이군.

비행기 탑승구로 걸어오면서 미연이 낮게 비아냥댔다.

어머니는 검정색 코트를, 오빠는 검정 양복을 입고 있었고, 나는 검정색 가죽 코트 차림이어서 이죽거릴 만도 했다.

— 도대체 우리가 왜 가야 하는지 모르겠다니깐.

미연의 투덜거림에 오빠가 눈꼬리를 치켜떴다.

— 슬!

— 내 말은…….

말끝을 흐리던 미연이 할 말은 해야겠다는 투로 암팡지게 입을 뗐다.

— 그렇잖아, 다른 날도 아니고 엄마 생신인데. 그 기념으로 우린 여행을 갈 예정이었고.

— 여행이라고 생각하면 되잖니.

어머니의 나무람에 미연은 뾰로통했다.

— 장례식장에 가는 것이 여행이우? 난 편집장한테 싫은 소리까지 들으면서 겨우 휴가를 받았는데.

여성 월간지 편집부에 근무하는 미연은 필자들로부터 마감일까지 원고를 받아낸다는 것이 여간 고역이 아니라며 초조해 했었다. 그녀는 모처럼 긴장된 일상에서 놓여나 느긋한 시간을 누리고 싶었을 것이다. 내 생각도 미연과 다르지 않았다. 이번 기회에 독특하면서도 신비한 소리를 따오겠다는 욕심으로 사방의 소리를 흡수하는 양방향 마이크와 깃털(feather) 마이크를 챙기긴 했지만, 제주행은 선뜻 내키지 않았다. 더구나 우진을 대할 생각에 가슴에 돌 하나가 얹히는 기분이었다.

생신날, 어머니의 친구들과 이웃을 불러 미역국이라도 끓여드리고 싶다는 올케언니의 청에, 전부터 어머니는 넌지시 핑계를 댔었다.

— 나도 그러고 싶다만 애들이 극구 장소와 날짜를 정했다는구나. 너도 이참에 시누이들 덕에 좀 쉬려무나.

어머니는 올케 앞에서는 그렇게 말했지만, 사실은 나에게도 미연에게도 미리미리 부탁을 했었다.

— 애미는 핑계 삼아 여행이나 했으면 좋겠다만 느이들 생각은 어떠냐? 느이 올케 딱해서. 친구들이야 아무 때나 불러 밥 한 끼 먹으면 그만이고, 요란 떨 일이 뭐 있겠니.

생신 때마다 집안일에서 헤어나지 못하는 며느리에게 일손을 덜어주고 싶다는 어머니의 뜻이 배어 있었다. 그렇게 시작된 여행이었다.

여행 목적지가 바뀐 것은 어제 저녁이었다. 통영과 거제를 거쳐서 남해 일대를 돌아오자는 계획이 갑자기 취소되

하얀 정사

었다. 우진 엄마가 돌아가셨다는 것이다.

우진이가 장례 소식을 전해 온 것은 뜻밖이었다. 하긴 우진네가 한때나마 우리 집에 살았던 정리를 따진다면 그다지 어색하거나 억지스러운 일은 아닐 것이다.

열 살 무렵이었을까. 집 앞 논의 길게 이어진 자운영꽃밭에 누워 꽃 냄새를 맡고 있을 때였다.

— 가연이는 점점 소녀티를 벗는구나.

인기척에 놀라 눈을 뜬 나는 도로 눈을 감아버렸다. 너무도 환한 빛이 눈을 부시게 했기 때문이다. 그렇게 환하게 빛나는 것은 그녀의 등 뒤로 쏟아지던 햇빛 때문만도, 하얀 실크블라우스 때문만도 아니었다. 그녀에게서 쏟아져 나온 그 빛은 연자홍 자운영꽃밭을 온통 물들였다. 내 눈을 들여다보는 그녀의 눈에서는 잘 익은 포도가 즙이 되어 좌르르 흘러내릴 것 같았다.

— 자운영꽃을 보러왔어. 괜찮지?

무엇이 괜찮냐고 묻는 것인지 잘 몰랐지만 나는 가만가만 고개를 끄덕였다. 무슨 생각엔가 잠긴 채 자운영꽃밭을 몇 바퀴째 돌고 온 그녀의 몸에는 꽃향기가 짙게 배어 있었다. 하얀 실크블라우스를 입어서인지 그녀는 한 마리 나비 같았다.

— 그만 가자. 엄마가 기다리실라.

내 손을 잡고 가만가만 논둑길을 걷는 그녀에게로 내 몸이 자꾸 기울어지는 것을 나도 어쩌지 못했다.

대문 안에 들어서자 그녀가 달고 온 자운영꽃 향기가 집 안 곳곳으로 배어들었다. 나는 마치 우리 집이 아닌 다른 곳에 와 있는 느낌이었다.

물잔을 들고 우진 엄마에게로 가던 나는 발을 멈추었다.

— 여간 조심스러운 게 아니어서.

마루 끝에 걸터앉은 그녀가 어머니에게 무슨 말인가를 하려다가 아버지의 기침소리에 말끝을 흐렸다.

— 크흠.

우진 엄마가 흠칫, 놀라 어머니를 바라보았다. 담뱃진으로 꺼멓게 탄 입술 사이로 어머니의 한숨이 새 나왔다.

— 자네 뜻이야 고맙네만, 그럴 것까지야 뭐 있나. 즈이 아버지 성품이 워낙…….

나도 우리 집 돌아가는 사정을 어림짐작은 하고 있었다. 배추, 무, 당근밭을 밭떼기로 사서 넘기는 일을 하던 아버지가 우리 집 논밭을 처분하지 않으면 안 될 위기에 몰리게 되었다. 동업하던 아버지의 친구가 구매자금을 몽땅 가지고 줄행랑을 놓은 데다 집문서마저 사채업자 손에 있었다. 이 위기를 도우려고 우진 엄마가 자청했지만, 아버지는 귓등으로 흘려들었다.

— 저는 한시도 이 댁을 남이라고 생각해 본 적이 없습니다. 그런데 어찌…….

우진 엄마의 눈에 이슬이 맺혔다. 나는 어머니와 그녀를 가만히 저울질해 보았다. 몸피가 두루뭉술하고 작달막한 어머니와는 달리 우진 엄마는 허릿매가 잘쏙하고 피부가 고왔다. 옥색 한복에 광목 앞치마를 두른 어머니는 늘 머리에 쪽을 찌고 있었고, 우진 엄마는 곱실한 파마기가 있는 머리모양새에 차분한 양장 차림이었다. 곱고 조신하다고 해서 마을 사람들은 우진 엄마를 '새댁'이라고 불렀다. 그녀는 어머니와 세 살 차이가 났고, 어머니에게 매우 공손했다. 어머니도 그녀에게 하대를 하지 않았다.

우진 엄마는 자운영꽃이 필 무렵이면 어김없이 우리 집에 왔다. 지금 생각하면 정말로 자운영꽃을 보러 왔는지 다른 볼일이 있어서 왔는지 알 수 없다.

자운영꽃은 모내기 전까지 꽃이 피고 열매를 맺었다. 여린 순은 나물로 무쳐 먹고 잎과 가지와 뿌리는 약재로 쓰인다. 꽃이 지면 썩어서 그대로 거름이 되었는데, 아버지는 해마다 일꾼들을 시켜 써레질로 논바닥을 뒤엎고 자운영 씨앗을 뿌렸다.

길게 이어진 집 앞 논바닥에 자운영꽃이 지천으로 흐드러지면 우리 집은 자운영꽃 바다에 떠다니는 배처럼 홍자색 물결로 출렁출렁 파도를 탔다. 우진 엄마는 마루 끝에 걸터앉아 넋을 놓고 자운영꽃밭을 바라보기도 하고 그 꽃밭을 한나절씩 거닐기도 했다. 어느 때는 흥얼흥얼 입속말로 노래를 부르기도 하였다. '연분홍 치마가 봄바람에 휘날리더라.'

자운영꽃으로 내 뇌리에 박힌 그녀가 생에 마침표를 찍었다는 사실이 좀체 실감 나지 않았다. 나는 밤새 창가를 서성였다. 어쩌면 우진이를 만난다는 생각에 그랬는지 모른다.

─ 우진 엄마는 왜 갑자기 돌아가셨대요?

내 물음에 어머니가 공항 대합실 밖으로 시선을 둔 채 심상한 표정으로 말했다.

─ 그전에도 심장이 안 좋았는데……. 죽을 때 느이 아버지를 많이 찾은 모양이더라.

— 아버지를? 아버지는 이미 돌아가셨는데?

불퉁스런 미연의 질문에 나도 동요했다. 죽으면서 은혜를 입은 사람을 찾는다는 것은 당연한 일이겠지만, 그렇다 하더라도 죽음을 알려온 우진이 나는 못마땅했다.

어쩌면 우진 엄마의 유언일지도 모르지만.

죽어가던 그녀의 남편을 아버지가 살려냈다는 말을 마을 사람들에게 여러 번 들었다.

나는 어머니께 물었다.

— 우진 엄마는 차귀도로 언제 가셨나요?

— 느이 아부지 돌아가시구 그 이듬해에…… 한 일곱 해쯤 되었구나. 세월은 왜 이리 덧없이 빠르기만 한지. 막상 그니가 가고 나니 여간 허우룩하지 않다.

어머니는 착잡한 표정으로 말했다.

— 우진이가 이태 전에 아내를 잃었다더라. 딸아이가 아마 댓살쯤 됐지 싶다.

나는 흡, 숨을 들이마셨다. 우진이가 여자를 데리고 어머니에게 인사를 왔을 때 처음 본 그녀의 인상은 어딘지 어머니와 닮았다는 느낌을 지울 수가 없었다. 제 혼자 묵묵히 피어 있는 들꽃 이미지. 외모는 수수했지만, 안으로 당찬 힘을 지닌 듯한 어떤 위엄. 그런 그녀를 우진은 정말 사

랑했는지도 모른다며 나는 그때 깊은 열패감에 사로잡혔
다.

　— 아이는 장모가 돌봐준다더라, 퇴직한 장인도 함께 살
면서.

　— 우진이는 뭘 하고 지낸대요? 아내는 얼마나 아팠대
요? 병명이 뭐래요? 아기는 누굴 닮았대요?

　궁금한 것이 많았지만 나는 입을 꾹 다물었다.

3

　전광판에 '10시 10분발 제주행'이라는 불이 켜지자 사
람들이 탑승구를 향해 우루루 몰려갔다.

　오빠 옆 좌석에 앉은 나는 비행기 안의 앞자리를 넘겨다
보았다. 긴 머리를 뒤로 질끈 묶은 미연은 아직 마무리되
지 않은 일감을 체크하느라 교정 원고지에 코를 박고 있었
다. 상아색 바지에 같은 계열의 버버리를 걸친 미연은 장
례식에 가는 옷차림치고는 화사했다. 그 화사함을 옆자리
에 앉은 어머니가 나무라자 미연이 자신의 팔걸이에 있던
옅은 갈색 코트를 가리키며 말문을 막았다.

― 덧입으면 되잖아요. 덧입으면.

어떤 것에도 얽매이길 싫어하는 미연으로선 많이 참는 눈치였다.

나도 기어이 불편하던 심기를 오빠에게 드러냈다.

― 아무리 가까이 지냈다고는 하지만…… 우리 가족 모두 장례식에 참석하는 건 좀 그렇잖아. 더구나 엄마 생신날 제주까지 간다는 건 좀.

누군가의 죽음을 확인하는 것은 그리 유쾌한 일이 아니다. 나는 솔직히 기억 속에 자운영꽃의 이미지로 그녀를 영원히 남겨두고 싶었다. 더구나 그녀의 장례식장에서 우진을 만나는 것도 불편했다. 그래서인지 제주행이 억울하고 부당한 일처럼 여겨졌다. 혹시 우진에 대한 잠재된 감정이 돌출될 것이 두려웠는지도 몰랐다.

나는 숨을 가만히 내쉬었다. 오빠가 의자에 몸을 깊이 묻으며 중얼거리듯이 말했다.

― 어머니가 원하기도 하고, 의당 가야 하기도 하고.

― 의당 가야 해? 왜?

― 사람살이라는 것이……. 꼭 집어 설명할 수 없는 일도 있잖니.

곱상하던 오빠의 얼굴은 이젠 구릿빛인 데다 눈가엔 서

너 줄 주름이 굵직하게 새겨져 있었다. 마흔을 바라보는 나이였다. 집안의 반대를 무릅쓰고 오빠가 결혼한다고 했을 때, 아버지가 물었다.

— 왜 하필 그 여자냐?

왜 하필 아이 딸린 미망인과 결혼하느냐고 물은 것인지, 아니면 왜 하필 죽은 친구의 아내냐고 물은 것인지 속내를 알 수 없었다. 불호령이 떨어질 것을 예상했던 오빠도 마지막 기회라고 생각했는지 단호하게 덧붙였다.

— 사랑에 왜? 라는 게 있습니까?

허락을 구하는 처지치고는 터무니없이 당당했다. 의외였다. 한 번도 아버지께 반대의견을 내세우지 않던 그였다. 침묵이 흘렀다.

한참 후 침묵을 뚫고 아버지가 침통한 목소리로 물었다.

— 그 여자의 딸아이까지 사랑할 수 있겠느냐?

그가 망설이지 않고 대답했다.

— 물론입니다.

아버지가 무겁게 신음소리를 냈다.

— 음…….

아버지의 한숨 소리가 살짝 바뀌면서 이상한 열기를 띠었다.

하얀 정사

— 그래? 그래야지. 사내자식이……. 세상에 태어나서……. 제 하고 싶은 대로 한번 살아보는 것도 괜찮지.

— 아버지.

— 인생도 사랑도 네 것일 터. 한번 살아 보거라. 너만은.

너만은. 이라고 말을 맺은 아버지는 아주 힘겨운 말을 마친 사람처럼 얼굴이 가벼워진 것 같기도 하고 흙빛이 된 것 같기도 했다. 당연히 아버지가 반대할 것이라고 믿고 있던 어머니가 낮게 소리쳤다.

— 그렇지만 죄 아버지. 이 혼인은 말도 안 돼요!

아버지가 어머니를 돌아보았다.

— 그동안 쭉 지켜보니 정연이가 정말로 그 애를 사랑하는 것 같소. 삶에도 전보다 더 적극적이고. 이 아이의 선택이 한 번도 그른 적이 없지 않았소?

극구 반대하던 어머니도 날이 갈수록 조금씩 수그러들었다. 그러나 정작 반대하고 나선 것은 여자의 시댁 쪽이었다. 늦나이에 자식을 얻은 노인 내외가 서슬이 퍼레서 며느리에게 종주먹을 댔다. 남편이 죽은 지 1년도 지나지 않았는데 벌써 다른 사내를 보았느냐고. 네가 사악해서 내 아들이 그리 쉽게 목숨 줄을 놓은 것이 아니냐고. 두 노인은 오빠에게까지 호통을 쳤다. 우리가 너를 아들이나 진배

없이 대해 왔는데 어찌 이럴 수 있느냐고. 혹시 내 아들이 병들기 전부터 정을 통한 것이 아니냐고.

오빠와 여자는 두 노인에게 호되게 질책을 당했을 뿐만 아니라 마을 사람들에게까지 비난을 받았다. '세상에 믿을 놈이 없구만.' 구설에 휘말렸던 오빠는 다니던 면사무소에 사표를 내고 중장비운전면허증을 따서 토목회사에 취직했다. 그는 따가운 눈총을 견디면서도 친구가 살아있을 적과 다름없이 그녀의 집안일과 두 노인을 보살폈다. 2년여가 지났을 때, 마침내 두 노인은 그들의 결혼을 허락했고, 그는 여태껏 두 노인을 장인 장모 대하듯이 극진히 모셨다.

나는 문득 궁금해졌다.

— 오빠 결혼을 후회해본 적은 없어?

— 글쎄, 이따금 의견충돌로 다투긴 하지만 후회는 안 해. 그냥 내 선택에 최선을 다할 뿐이지.

— 주한이 오빠가 간암 말기라는 사실을 알고부터 오빠 수진 엄마를 맘 놓고 사랑한 거야?

— 그때 내가 그 친구에게 자주 드나들었잖니. 그 친구가 그랬어. 내가 죽거든 수진이랑 수진 엄마를 보살펴 달라고. 제발 부탁한다고. 너만 믿는다고. 그래야 내가 숨을 놓을 수 있다고. 그 친구가 죽고 겨우 두 살 된 수진이가 나

를 제 아빠인 양 따르는 데다, 수진이 엄마도 나를 많이 의지했고. 그 집을 드나들며 노인들을 보살피다 보니…….
근데 넌 어떡할 거니?

오빠는 또 내 결혼 이야기를 꺼내고 있었다. 나는 나도 모르게 목에 걸린 카라비너 홀더를 만지작거렸다. 홀더는 한 등반가가 암벽을 기어오르는 모습을 본뜬 것이었고, 그 고리에는 카라비너와 자일 모양의 액세서리도 함께 끼워져 있었다. 건하는 자기 목에서 이 홀더를 빼내 내 목에 걸어 주면서 말했다.

— 나라고 생각하고 목에 걸고 있어.

나는 그 홀더를 만지작거리며 오빠의 어깨에 기댔다.

— 결혼이라는 거, 꼭 해야 하나 뭐. 그냥 이대로 살면 그만이지.

— 그래도 제도란 무시할 수 없는 거야. 결속감도 그렇고.

— 결속감.

그렇게 되받고 나자 이상한 울림이 내 속에서 회오리쳤다. 결속감이란 놈이 간절하게 필요할 때도 있었다. 하지만 건하는 결혼 이야기를 꺼내면 언제나 화제를 등반으로 옮기곤 했다.

자운영꽃 필 무렵

— 제1피치를 끝내고 말야. 트랙에 박은 하켄에 의지해 펜듈럼 하기에 앞서 제2피치를 바라보니 말야. 햐! 거기 바위 면과 하늘이 만나는 면이 보였어. 우주와 자연과의 합일! 야! 그 광경을 보면서 무슨 생각이 들었는지 알아?

나는 암고양이처럼 눈을 빛내며 그를 바라보았다.

— 온통 네 생각뿐이었어.

그는 틀림없이 그렇게 말할 것이라고 믿었다. 그러나 그는 내 안에 뿌리를 혹처럼 박은 채 산을 예찬했다.

— 살아있다는 사실이 감격스러웠어. 지금! 여기! 내가 이 산에 있다는 사실이 벅차올랐어.

그리곤 조금씩 몸을 움직이다가 격렬하게 사정을 했다. 내 위에서 풀썩 떨어져 나간 그의 눈빛은 몽롱했다. 어떤 급류가 내 안의 보물을 무참하게 휩쓸고 간 느낌이었다. 산에게 온통 그를 빼앗긴 나는 허한 아랫도리를 훔치며 말했다.

— 결혼도 삶의 한 형태가 아닐까? 산 속에 삶이 있고 삶 안에 산이 있는 것처럼.

— 결혼은 족쇄일 뿐이지. 특히 산악인에게는.

그가 하는 말들은 왜 이렇게 내 뼛속을 시리게 헤집고 흐르는지. 나는 입을 꾹 다물고 가만히 눈을 감고 있었다. 울음을 들키지 않기 위해서. 다만 나는 신께 빌었다. 그가 나를 떠나지 않게 해 달라고. 내 간절함이 닿게 해 달라고.

4

우리가 탑승한 비행기는 제시간에 맞추어 이륙했다. 비행기가 수평 비행에 들어갔는데도 귀가 여전히 멍멍했다.

2월의 하늘은 더없이 높고 천의 얼굴을 가졌다는 구름은 여러 형태로 눈앞을 어지럽혔다. 끝없이 펼쳐진 바다 같은가 하면, 포근한 솜이불 같기도 했고 장중한 얼음산 같기도 했다. 고드름처럼 뾰족하게 솟은 구름조차 얼음산 같다고 느꼈을 때, 여행 목적지가 산이 아닌 바다라는 것이 문득 다행이라는 생각이 들었다. 험준한 빙벽을 타고 공중에 떠 있을 건하를 생각하자 또다시 뼈마디 속으로 얼음물이 흘러 다녔다. 면도날로 심장 어딘가를 살큼살큼 긋는 듯한 통증. 습관처럼 따라다니는 이 복병은 도대체 언제 어느 때부터 따라 다녔을까.

눈까풀이 내려앉고 피로가 전신으로 몰려들었다. 나는 홀더를 만지작거리며 가물가물 잠 속으로 빠져들었다. 건

자운영꽃 필 무렵

하가 자일에 매달린 채 하나의 점처럼 허공에 떠서 아득한 빙벽을 기어오른다. 나는 소리친다. 돌아와요. 거긴 너무 위험해요. 그는 험준하고 아득한 빙벽 위로 기어오른다. 나는 부르짖는다. 나 여기 있어요. 여길 좀 봐요. 힐끗 돌아본 그는 그대로 빙벽을 기어오른다. 끝없이 높은 빙벽을 오르는 그는 때로는 고단한 수행자 같았다. 언제였던가. 히말라야 등반에서 한 달 만에 돌아온 그의 넓은 등을 껴안고 잠에 막 들려던 참이었다.

　— 가연아.

　나는 딱정벌레처럼 그의 등에 찰싹 달라붙었다. 처음 그를 안았을 때처럼 터무니없이 가슴이 뛰었다.

　— 내가 경계해야 할 것은 말야, 안주하고자 하는 욕망이야. 잘 알잖아. 내겐 산이 전부라는 걸. 이미 산에 내 혼이 붙들려 있다는 걸.

　그렇게 말해놓곤 그는 잠에 빠져들었고, 금세 그의 코골이가 들려왔다. 그는 가까이 가면 그만큼의 거리로 물러앉는 움직이는 산이었고 또한 다가갈 수 없는 섬이었다. 나는 그와 등을 맞대고 새우처럼 웅크린 채 이빨로 홀더를 잘근잘근 물어뜯었다. 그날, 뜬눈으로 밤을 새우며 그가 즐겨 읊던 「뤼제드프나」의 시를 읊조렸던가.

그 어느 날 내가 산에서 죽으면/ 오랜 나의 산 친구여 전하
여 주게.

어머니에게는 행복한 죽음이었다고./ ……

아, 산이여. 나는 항상 당신과 함께 있나니…….

나는 기도했다. 산이 그를 빼앗아 가지 않게 해달라고.
그와 가까이 있는 것만으로도 행운으로 여기게 해 달라고.
그가, 내가, 이 우주 안에 함께 숨 쉬며 살아만 있게 해달
라고.

퍼뜩 눈을 뜨니 오빠가 측은한 눈길로 나를 보고 있었다.

— 소리 따는 게 쉬운 일이 아닌 모양이구나?

— 어? 으응.

— 요즘엔 도구로도 자연의 소리를 잘 만들어 낸다고 하
더라만. 예를 들어 실에 콩을 꿰어 부챗살에 매달고 부치
면 빗소리가 나고, 키에 콩을 얹고 아래위로 박자를 맞춰
탁탁 털어내면 파도 소리를 낼 수 있고…….

나는 오빠의 말투를 흉내 냈다.

— 선풍기 소리로 빗소리를 만들어 내고, 싸리나무 회초
리를 부딪치게 하여 칼바람 소리를 내고…….

오빠가 하하하! 웃음을 터뜨렸다.

— 번데기 앞에서 주름을 잡은 셈인가?

— 근데 담당 PD는 자연의 소리를 고집해. 청취자를 우롱해서는 안 된다는 것이 그의 지론이거든.

— 재미있니?

— 뭐, 그런대로.

잠시 침묵하던 그가 무겁게 입을 열었다.

— 그동안 우진이랑은 가끔 연락했니?

— 뜬금없이 우진이 얘긴 왜 해?

내가 퉁을 부리자 오빠가 혼잣말처럼 툭 내뱉었다.

— 느이들 대학 다닐 때, 어찌나 아슬아슬하던지.

나는 숨을 죽이고 가만히 있었다. 그땐 잘 몰랐지만 지금 생각해 보니 살얼음을 딛는 것처럼 아슬아슬 했을 것이다. 더구나 우진 엄마의 입장에서는.

등받이에 등을 깊숙이 기댄 오빠가 말머리를 틀었다.

— 내가 우진네 집에서 고등학교를 다녔잖니.

산골짜기인 우리 마을에선 통학하기가 여간 불편하지 않았다. 그래서 오빠는 읍내에서 건어물 가게를 하는 우진네 집에서 학교에 다녔고 나도 이태 후에 그곳에서 학교에 다녔다. 어린아이 걸음으로 십리 길 학교를 오간다는 것은 무리라고 우진 엄마가 아버지에게 극구 청한 때문이었다.

내 기억으로 오빠는 우진 엄마에게 호감을 가지고 있지 않았다. 그 무렵 오빠의 표정은 늘 어두웠고 무엇인가 울분에 찬 눈치였다. 무슨 이유 때문인지 오빠는 그곳에 오래 머물지 않고 읍내에서 자취하는 친구에게로 가버렸다.

— 그때부터였을 거야. 우진 엄마를 보는 것이 부담스러웠던 것이.

나는 눈을 동그랗게 뜨고 오빠를 보았다. 오빠가 내 눈을 피해 먼 곳을 응시했다.

— 하루는 공부하다가 졸려서 아래층으로 내려갔어. 물을 마시러. 밤이 늦었는데도 우진 엄마의 가겟방에 불이 켜져 있었어.

그는 우진 엄마가 잠이 들었다면 불을 꺼주고 나올 참이었다. 미닫이를 살짝 열고 들여다보았다. 그런데 두루마기를 단정하게 입은 한 남자가 옆에 모자를 벗어둔 채 반듯하게 앉아 있었다. 그날 우진 엄마와 남자는 별다른 대화를 나누는 것 같지는 않았다. 집안에 별 어려움은 없느냐, 아이들은 공부를 잘 하느냐, 어디 아픈 데는 없느냐, 묻는 것이 고작이었다.

— 하시는 일에 어려움이 있다는 소문을 들었습니다. 외

　　　　　　　　　　　　자운영꽃 필 무렵

람되지만 제가 도움을 좀…….

우진 엄마의 말이 채 끝나기도 전에 남자는 벗어둔 모자를 들고 말없이 방을 나갔다. 남자가 빠져나간 문이 빼꼼하게 열려 있었다. 오빠는 몸을 숨기고 우진 엄마를 지켜보다가 숨을 꼴깍 삼켰다. 남자가 빠져나간 그 자리에 우진 엄마는 처음과 똑같은 모양새로 오도카니 앉아 있었다. 우진 엄마는 몸을 잔뜩 웅크린 채 발가락만 꼼지락거렸다. 구부린 무릎을 두 팔로 싸안은 모습은 외로운 외딴섬 같았고, 폭삭 사그라질 재처럼 위태로웠다. 그렇게 웅크리고 앉아 있던 우진 엄마가 갑자기 벌떡 일어나 맨발로 수돗가를 향해 내달았다. 잉걸불을 뒤집어쓴 짐승처럼 절박해 보이는 그녀는 가슴을 풀어헤치고 찬물을 뒤집어썼다. 하악 하악, 울음인지 웃음인지 모를 신음 소리가 그녀의 입에서 새어 나왔다.

몇 차례 물을 끼얹은 그녀는 수돗가에 웅크리고 앉아 끅 끅 짐승 같은 울음을 토해냈다. 평소와는 전혀 다른 그녀의 모습에 놀란 오빠는 꿈인지 현실인지 구분이 되지 않았다.

격앙되었던 오빠의 목소리가 조금 후에 차분하게 돌아와 있었다.

— 그 이후에도 가끔 우진네 집에서 제수를 마련하는 그 남자를 보았어.

오빠의 말을 간추리면 이랬다.

우진 엄마는 가장 좋은 제수(祭需)를 남자에게 챙겨주었고 그런 그녀의 행동은 여간 조신하지 않았다. 그녀는 남자의 아내에게 보낼 미역, 김, 멸치 등 건어물을 따로 보내기 위해 정성껏 보퉁이를 만들곤 했다. 남자가 온 날이면, 우진 엄마의 몸에는 온통 생기로 넘쳤다. 봄바람에 살랑대는 연분홍 스카프 같기도 하고 움돋는 연초록색 새잎 같기도 했다. 그녀는 잠시만 기다리라며 남자를 방안에 들여놓고 정성껏 상을 보았다. 극구 사양하는 남자를 위해 밥상을 마련하는 그녀의 몸짓은 활기로 넘쳤다. 그녀는 이웃에 살고 있는 그녀의 친정 부모를 모셔와 남자와 겸상을 차리곤 했는데 노인 부부는 남자에게 늘 공손했고, 우진 엄마의 중요한 재산문제나 관공서에 드나드는 일을 부탁하곤 무척이나 송구스러워했다. 그런 나날이 계속되었지만 우진 엄마와 남자는 가까워지지도 멀어지지도 않았다.

오빠는 우진 엄마의 내밀한 비밀을 알고부터는 잠자는 것도, 공부하는 것도 온통 뒤죽박죽이었다고 회고했다.

—내가 결혼에 용기를 가진 것도 따지고 보면 그 남자에

대한 반발심리가 잠재되어 있었던 게 아닌가 싶어. 그래서 내 사랑이 더욱 불탔는지도 모르고. 물론 사랑이 전제였겠지만.

그 남자와 우진 엄마가 후에 어떻게 됐느냐는 내 물음에 그 뒤론 그 집을 나와 버려서 잘 모르겠다고 오빠는 대답했다.

— 믿어지니? 서른일곱에 혼자되어 일흔이 넘도록 한 남자에게 일편단심 했다는 걸?

나는 창밖으로 눈을 돌렸다.

도대체 우진 엄마는 그 남자의 어디에 끌렸을까. 어디에 끌렸기에 30년이 넘도록 해바라기처럼 그를 따라 돌기만 했을까. 불현듯 그 남자와 건하의 모습이 겹쳐졌다. 건하에게서는 높은 산의 빙벽에서나 맡을 수 있는 신비한 얼음 냄새 같기도 하고, 눈 덮인 하얀 산 같은 분위기가 느껴졌다. 산처럼 강인하면서도 아득한 피안을 느끼게 하는 남자. 만났다가 헤어지고…… 헤어졌다 만나기를 반복한 햇수가 열세 해째인가. 쉽게 헤어질 수도, 그렇다고 영원한 서약을 맺을 수도 없는 그는 내게 길고 질긴 끈을 쥐어 주고 끝 간 데 없이 지구를 돌다 돌아오곤 했다. 그 끈은 내 심장에 단단히 박혀 있었다. 바라보는 모든 곳에 그가 있었고 나는 그를 따라 맴도는 해바라기였다.

5

제주 공항이 가까워지면서 불현듯 초조감이 일었다. 나는 애서 우진과의 만남이 문상에 지나지 않는다고 스스로를 추슬렀다.

이가연 담담해져야 해. 이보다 더 자연스러운 해후는 없잖아?

그러나 좀체 마음이 가라앉지 않았다. 우진을 만난다는 사실이 반갑다거나 벅찬, 그런 감정은 결코 아니었다. 미련이나 원망 따위도 남아 있지 않았다. 정지된 화면처럼 대학 새내기에서 기억은 멈추어졌고, 그 기억만은 지금까지도 강렬했다. 그와의 마지막 날, 나는 '그랑블루' 찻집에서 그를 기다리고 있었다. 약속 시각이 2시간이 더 지나고 있었지만 나는 출입구 쪽에서 눈을 떼지 못했다. 성냥을 쌓는 손장난으로 시간을 죽이면서 영화 그랑블루(Le Grand Bleu)를 떠올렸다. '그랑블루'는 사건보다는 이미지가 더 강렬한 영화였다. 어릴 때 아버지를 잃고 외롭게 자란 자크는 바다 속이 그의 우주이며 세계다. 그는 목소리와 손짓만으로도 돌고래를 불러 호흡과 리듬을 맞추며 교감한다. 방안에 누워 침대로 물이 차오르는 환영을 본다. 무산소 잠수에 관한 책과 잠수 통으로 가득한 방안은 서서히 바다로 변하고 돌고래와 함께 그는 물속을 유영한다. 한없는 자유로움. 절절히 그리워했던 바다…….

자크는 사랑하는 연인의 간절한 만류에도 불구하고 바다 속으로 깊이 침잠해 들어간다. 그것은 그가 운명에 순응하는 슬픈 장면이기도 하지만 한 인간이 바다와 완벽하게 합일하는 순간이기도 하다.

오지 않는 우진을 기다리며 그랑블루를 떠올린 것은 찻집 이름 때문만은 아니었다. 푸른 이미지를 닮은 바다와 자크가 우진이 같기도 했고, 영화 속 여주인공처럼 나에게도 그런 운명 같은 상황이 올 것 같은 예감 때문이었다.

나는 꽁지머리 주인에게 묻고 싶었다. 찻집 이름이 왜 '그랑블루'냐고. 집이 왜 블루로 가득하냐고.

나는 그곳에 너무 오래 있었다는 민망함을 엉뚱한 질문으로 무지르고 싶었는지도 모른다.

어둠이 성큼 내려와 있었고, 나는 찻집을 나와서도 쉽게 발길이 돌려지지가 않았다. 문밖에서 반시간을 서성거리다가 문득 고개를 들었을 때 기적처럼 우진의 모습이 보였다. 그런 상황이 기적이라면 기적은 곳곳에서 수천 단위로 이루어질 테지만 나는 기적이라고밖에 달리 표현할 방법이 없었다. 그는 그 자리에 서서 오래전부터 나를 지켜보았던 것 같은 느낌이 들었다. 왜 그런 생각이 들었는지 알 수 없었다.

그를 보자 수면에서 차오르듯 생기를 느꼈다. 나는 환하게 웃으면서 그에게로 뛰어갔으나 그 앞에서 발길을 멈추고 우뚝 서버렸다. 그의 낯선 옷차림 때문만은 아니었다. 음지식물처럼 가늘고 여리던 그는 늘 단정하고 말끔한 차림이었는데 그날은 후줄근한 티셔츠에 색이 바랜 찢어진 청바지를 입고 있었다. 오랫동안 안 본 사이, 그는 어깨가 구부정하게 휘어져 있고, 불량기로 가득했다. 온몸에 피로감이 덕지덕지 묻은 그의 낯선 모습은 평소에 은은하게 빛나던, 내가 알던 그가 아니었다. 그에게서 뿜어져 나오는 빛은 강렬한 햇살처럼 수백, 수천만 개로 쪼개져 온몸으로 날아와 스며들곤 했는데 그날은 그 빛이 온데간데없었다.

그를 향해 달음질치던 나는 막막하게 차단된 느낌이었다. 그 느닷없는 단절감에 숨이 막혔다. 그가 가까이 와서 내 눈을 들여다보았다. 그는 내게 매우 낯설었다. 그 순간 알아차렸다. 그에게서 뿜어져 나오는 것이 절망이라는 것을.

그리고 예감했다. 그가 내게서 영영 떠나리라는 것을.

— 우리 이제 그만 만나야겠어. 너를 만난 것은 치기였어.

내 예감은 적중했다.

그의 입은 금붕어가 뻐끔거리는 것처럼 느껴졌다.

내게서 등을 돌린 그는 불량스러운 발자국을 남기며 멀어져 갔다. 나는 그를 부르지도, 뛰어가 잡지도 못했다. 다만 그의 뒷모습을 멍하니 바라보며 속수무책으로 무너져 내렸다. 그렇게 헤어진 후에도 시도 때도 없이 그가 그리웠다. 그럴 때마다 나는 애써 그의 불량기에 내 그리움을 묻었다.

나는 매일매일 암시를 걸었다. 잊을 수 있다고. 그를 비워낼 수 있다고. 그럴수록 그리움은 빛을 발했다. 하지만 되돌릴 수 있는 것은 아무것도 없었다.

나는 결심했다. 독해지겠다고. 그의 존재를 깡그리 잊겠다고. 그것만이 복수라고.

그의 그림자를 지우게 해 준 사람은 건하였다. 건하를 만

난 것은 학교 산악반 등반대에 참가했던 대학 3학년 때였
다. 피켈, 자일, 해머 등을 챙기고 점검하느라 정신이 없는
데 장 선배가 내 어깨를 툭 쳤다.

　— 가연아, 저 녀석 좀 봐줘라. 저 녀석 저거 완전히 너한
테 혼이 빠졌나 보다.

　장 선배의 눈길 끝을 따라 그와 눈이 마주쳤을 때, 타는
눈빛이 나를 향해 쏟아져 들어왔다. 헝클어진 머리카락 속
에서 이글거리는 그의 눈빛은 나를 온통 빨아들이는 블랙
홀 같았다. 그 눈빛은 어디선가 본 기억이 났고 그 기억은
이상한 향기를 몰고 왔다.

　몇 달 후, 마나슬루 등반을 마치고 돌아온 그를 환영행사
뒤풀이에서 다시 만났다. 고교 시절 우리나라 최대 빙폭인
설악산 토왕성 빙폭 등반에 이미 성공한 그에겐 최연소 등
정, 최다 등정 등 많은 기록 경신의 표제가 따라다니고 있
었다. 그는 이상에 맞춰 난이도를 추구하는 등반을 할 것
인가, 아니면 정상에 이르는 등반을 할 것인가, 하는 등반
본질에 대한 고민을 등반대에 털어놓기도 했다. 그런 그가
나에겐 끊임없이 고민하며 길을 가는 철학자처럼 보였다.
1차, 2차를 거쳐 나이트클럽에 갔을 때, 그는 내게 손을 내
밀었고 나는 그에게 물처럼 스며들었다. 그에겐 너무 멀어

　　　　　　　　　　　　　　　자운영꽃 필 무렵

서 닿을 수 없는 안타까움과 동시에 아늑하게 품어 안는 산 같은 그 어떤 것이 있었다. 나는 그만 속수무책으로 빨려 들어갔다. 알 수 없는 목마름 같은 것. 하지만 나도 모르게 그에게 흡수되었던 것은 우진에 대한 그리움 때문이었는지도 모른다. 내 고통을 덮는 우주의 숨결, 안식, 평온함……. 그러나 날이 갈수록 내게 막막하게 닿을 수 없는 이미지뿐이었다. 만져도 만져지지 않고, 다가가도 닿지 않는 비현실적인 그 산이 무심하다고 느껴질 때면 우진 엄마가 불쑥불쑥 떠올랐다.

우진 엄마는 화장기 없는 민얼굴임에도 윤이 났다. 하얀 피부에 입술과 뺨은 발그스름하게 홍조를 띠었다. 말은 언제나 나직했고 행동도 여간 조신하지 않았다. 나에게 그녀는 땅에 발을 딛고 사는 사람이 아닌, 바람결에 따라 피고 지는 자운영꽃이었다.

그녀는 매우 비현실적으로 느껴졌다. 비현실적이기는 아버지도 마찬가지였다. 고모에게 들은 이야기가 내게 그런 이미지를 각인시켰는지도 모른다. 아버지는 어딘가로 늘 떠돌아다녔고, 말이 없고 눈빛은 고뇌에 젖어 있었다. 하지만 꽹과리를 치고 상모를 돌릴 때는 몸에서 광기가 쏟아져 나왔다. 속세에 안주하지 못하고 이상을 찾아 헤매는 한 마리 슬픈 짐승처럼.

아버지를 보면서 고모는 늘 생각했다고 했다. 저 애는 도대체 무슨 한이 저리도 많아 저런 몸짓과 표정을 지을까. 어디서 어떤 일을 당했기에 쯧.

고모는 어떤 일을 회상하듯 말했다.

— 그런데 참 이상하지? 짐승도 죽을 때가 되면 제 자리를 찾는다고 하더라만……. 그놈의 역마살이 언제부터 고쳐졌는지 모르겠더라. 느이 에미 때문인지, 아니면 목숨 걸었던 그 무엇이 잘 안 되었는지…….

아버지가 처녀들의 가슴을 설레게 한 것은 창을 잘해서인지, 아니면 말이 없고 고독해 보여서인지 모르겠다며 고모는 사설을 늘어놓았다. 아버지는 결혼할 뜻이 없었다고 했다. 읍내 초등학교 여교사가 십여 년 동안 연정을 품었지만 끝내 모른 체했다. 어느 날 조부(祖父)의 밀어붙이기식에 이끌려 한 처녀를 만났다. 키가 작달막하고 조용한 눈빛을 지닌 처녀는 별로 수줍어하지도, 그렇다고 되바라져 보이지도 않았다. 처녀는 창밖만 바라보는 아버지를 책망하지도 언짢아하지도 않았다.

조부의 성화로 처녀와의 약속을 또 정했다. 약속 시각 한 시간이 지나서야 아버지가 나타났지만, 처녀는 그때까지

자세를 흩트리지 않고 앉아 있었다. 처녀는 아버지에게 그저 올 시간에 온 사람에게 대하듯이 오셨느냐고 고개를 숙였다. 결혼한 뒤에도 아버지는 바람인 양 떠돌아다녔다. 제주 어딘가에서 봤다는 사람도 있고, 부산에서 상거지가 되어 있더라는 소문도 바람결에 들려왔다. 집에는 1년에 한두 차례 찾아와 하루 이틀쯤 묵곤 떠났다. 중풍으로 누워 있는 시모를 모시면서도 어머니는 불평 한마디 하지 않았다. 세 살배기 큰아들이 폐렴으로 죽었을 때도 마찬가지였던 어머니가 시부가 돌아가셨을 때는 중얼거렸다.

— 소식이나 알았으면 이렇게 막막하진 않을 텐데…….

몇 년을 떠돌다 돌아온 아버지에게 어머니는 아무것도 묻지 않았다. 그저 아침에 집을 나갔다 돌아온 지아비 대하듯 했다.

— 느 에민 맘고생으로 속이 다 망가졌을 게다.

고모의 한숨소리가 바람에 흩어졌다.

6

곧 제주 공항에 도착한다는 기내방송이 흘러나왔다.

하얀 정사

출구를 빠져 나오자 뜻밖에도 검은 양복을 단정하게 입은 젊은 남자가 '이정연 씨를 기다립니다'라는 피켓을 들고 서 있었다.

오빠가 그쪽으로 다가갔다.

— 제가 이정연입니다만.

— 아! 고우진 교수님을 찾아오셨지요? 정채상이라고 합니다. 저를 따라오시죠.

지나치게 정중한 그의 태도가 손님을 처음 접대하는 사람처럼 몹시 어색했다.

— 근데 이 장비는 뭐죠?

그가 내 장비를 들여다보며 물었다.

장례식에 이런 장비를 가지고 온 것이 쑥스럽고 민망해서 내가 아, 예 하고 얼버무리자 눈치 빠른 미연이 나섰다.

— 직업병이라는 거, 아시죠? 꽤 중증이죠. 하지만 멋진 제주까지 와서 그냥 간다는 것이 솔직히 아깝잖아요?

— 애! 미연아.

어머니가 따끔한 눈초리로 일갈했고, 오빠도 버릇없다고 눈으로 나무랐다.

미연은 아랑곳없이 후훗, 웃었다.

정채상이 미연에게 물었다.

자운영꽃 필 무렵

— 직업이 뭔데요?

— 소리개비.

— 소리개비요?

— 언닌 리포터예요.「사라져 가는 소리를 찾아서」라는 라디오 프로 아세요?

나는 정채상에게 어디를 가야 그 신비하고 독특한 소리를 딸 수 있는지 묻고 싶은 걸 가까스로 참았다. 조문객으로서는 넌적스러운 질문이었기 때문이다.

정채상이 내게서 장비를 빼앗다시피 들면서 미연에게 직업이 뭐냐고 물었다.

— 책장사.

— 외판 같은 거 말인가요?

— 뭐, 그런 셈이죠.

정채상이 내 장비를 자동차에 싣자 어머니가 몹시 미안해했다.

— 수고를 끼쳐서 어쩌우? 우진이는 손님 치르느라 정신이 없을 텐데 뭐하러 이런 신경까지 쓰누.

차는 한라산을 왼쪽으로 끼고 해안도로를 달려나갔다. 오빠가 뒷좌석의 어머니를 돌아보았다.

— 피곤하시죠, 어머니? 잠깐 눈 좀 붙이세요.

어머니가 참았던 한숨을 토해내듯이 깊은 숨을 내쉬었다.

— 이렇게 올 수 있어서 얼마나 다행인지 모르겠다. 그니 살았을 적에 꼭 와 본다는 것이 그만……

나는 가물가물 잠 속으로 빨려 들어갔다. 라디오 프로그램에 나갈 '소리'를 찾느라 이번 주 내내 산간벽지를 헤매었던 터라 잠이 부족했다. 담당 PD에게 장승곡과 어린 아기의 웃음소리를 넘겨주고 부랴부랴 여행을 떠나왔던 참이다. 리포터를 맡은 지 5년째라 이젠 혼자서도 '소리'를 녹음할 만큼 익숙해 있었지만 늘 긴장이 되었다. 깐깐하고 엄격한 완벽주의자인 담당 PD 때문이었다. 나는 PD에게 그 소리가 어떻냐고 전화를 할까, 하다가 그만두었다. 미연이처럼 제주까지 일을 끌고 오고 싶지 않았다. 음향효과가 발달한 첨단 시대인 만큼 효과음으로라도 얼마든지 소리를 방송에 내보낼 수 있지만 그런 인위적인 소리를 원치 않는 그를 나는 응원하는 쪽이었다.

자동차가 커브를 도는지 몸이 한쪽으로 쏠렸다. 어머니의 목소리가 아련하게 들려왔다.

— 저 푸성귀 좀 봐, 저 위로 쏟아지는 햇살. 푸른 빗방울이 튕기는 것 같지 않니?

어머니는 시인이었다. 적어도 내 생각에는 그랬다. 시를 가슴에 품고 사는 어머니의 입에서 나오는 말은 녹음을 해 두고 싶을 만큼 시적(詩的)이었다. 어머니의 읊조림에 눈까풀을 밀어내는데 눈은 떠지지 않고 느닷없이 건하의 목소리가 파고들었다.

— 정상을 백여 미터 남겨두고 말야. 마의 크레파스에 빠졌을 때 말야.

험악하기로 이름난 가셔브럼봉 제3코스를 정복하고 돌아왔을 때 그는 몹시 피곤한 기색이었지만 여전히 늠름해 보였다. 그에게서 한순간도 떨어지고 싶지 않은 나는 그의 손에 깍지를 낀 채 팔베개 안에 있었고, 그의 듣기 좋은 저음에 귀를 기울였다.

— 그때 가장 먼저 떠오른 생각이 뭐였는지 알아?

나는 귀를 바짝 곤두세웠다. 네 생각만이 간절했어. 나는 그런 말을 기대했는지도 모른다. 그의 나직한 음성을 들으며 기분 좋게 잠 속으로 빠져들었다. 그 순간 죽어도 좋을 만큼 행복하다고 여겼는데 그의 목소리가 또렷하고 명료하게 들려 왔다.

— 아, 이 산이 마지막이구나.

내 잠은 이미 멀리 달아나 버렸다. 그는 죽음에 대한 두려움보다 더 이상 산을 오를 수 없다는 사실만이 절망스러웠다고 했다. 그의 턱 밑에서 올려다보는 그의 코언저리와 깊은 눈은 닿을 수 없는 빙벽, 혹은 골이 깊은 골짜기처럼 느껴졌다.

그와 나의 앞가슴 사이, 미세한 틈새가 있을 뿐인 나는 그와 너무 멀리 있었다. 거대한 산이 되어 저만치 물러나 앉은 그의 팔베개 안에서 그의 손에 깍지 낀 내 손은 악력을 느끼고 있는데 정작 그는 실체가 느껴지지 않았다.

— 나는요? 내 생각 같은 건 안 했나요?

그 물음을 삼킨 내 가슴속에서는 때 아닌 폭우가 쏟아지고 있는데 그는 낮게 코를 골고 있었다.

오빠가 정채상에게 물었다.

— 제주 사학계에서 고우진 교수의 위상은 어느 정도요?

느닷없는 질문에 정채상이 당혹해하는 눈치였지만 곧 깔끔하게 대답했다.

— 소장 학자로서 한국 근현대사에 대한 해석이 독창적이라는 평을 받고 있습니다.

오빠가 무뚝뚝하게 물었다.

— 음, 독창적이라? 어떤 면에서?

— 제주에서 일어났던 큰 사건, 아시죠?

오빠는 지그시 눈을 감은 채 말이 없었다. 혹 우진 아버지가 4.3사건과 관련이 있는 것일까? 그렇다면 우리 아버지와 우진 아버지 사이에는 어떤 사연이 있는 것일까. 내가 엉뚱한 생각을 하는 동안 오빠의 힐난조의 말소리가 들렸다.

— 조교는 이렇게 교수 개인 비서까지도 해야 하는가?

삐뚜름한 어조로 묻는 오빠에게 정채상이 무뚝뚝하게 대꾸했다.

— 고우진 교수님이 아니라면 전 안 합니다.

정채상의 결연한 어투에 오빠의 입가에는 얼핏 미소가 실렸다. 정채상이 어색해진 분위기를 누그러뜨리려고 그랬는지 차귀도에 대해 열심히 설명했다.

— 차귀도는 70년대 중반에 간첩 침투 사건이 있은 후 무인도가 되었답니다. 간첩들의 은거 접선지여서 철거 명령이 내렸던 겁니다.

오빠가 혼잣말처럼 불쑥 말했다.

— 혹시 고 교수 부친이 무슨 일을 했는지 아는가?

아버지가 소리꾼을 따라 제주에 들어갔을 때 우진 아버지에게 큰 도움을 받았다는 얘기는 얼핏 들은 적이 있다.

창밖으로 시선을 던지고 있던 어머니가 오빠의 말허리를

자르기라도 하듯 입을 뗐다.

— 2월의 차귀도는. 뭐랄까. 버선 벗은 새색시 발 같구나.

어머니의 목소리에 묘한 슬픔이 깃들어 있었다. 우울한 정치나 사회 이야기보다 시적인 감성이 어머니에겐 위안이 되는 모양이었다. 어쨌든 오빠도 어머니도 기묘하게 '그 사건' 이야기는 늘 비껴갔다.

— 좀 더 이야기해 줄래요? 차귀도에 대해서?

미연의 청에 정채상은 갑자기 신이 났다.

— 문화재 단지로 지정된 차귀도는 대숲이 무성해서 죽도라고도 불렸답니다. 차귀도(遮歸道)라고 호칭하게 된 것은…….

그는 처음과는 달리 이야기를 술술 이어갔다.

— 옛날 중국 송나라 사람, 호종단(胡宗旦)이, 이 섬의 지형을 보고 중국에 대항할 큰 인물이 나타날 것이라고 우려하여 섬의 지맥과 수맥을 모조리 끊었답니다. 그가 고산 앞바다로 돌아가는 길에 날쌘 매를 만났는데 매가 돛대 위에 앉자 별안간 돌풍이 일어 배가 가라앉았답니다. 이 매가 바로 한라산의 수호신이고 지맥을 끊은 호종단이 돌아가는 것〔歸〕을 막았다〔遮〕 하여 대섬(죽도)과 지실이섬을 합

쳐서 차귀도라 불렀다고 합니다.

미연이 어린 학생을 칭찬하는 투로 말했다.

— 오호! 설명이 아주 건실해요. 비애를 머금은 섬치고는 이름도 예쁘고. 그치, 엄마?

어머니가 멀거니 미연을 바라보았다. 그 눈빛은 마치 이렇게 말하는 것 같았다.

— 난 차귀도라는 말만 들으면 가슴이 철렁 내려앉는다.

7

차귀도가 가까워질수록 초조해지기 시작했다. 우진에 대한 반가움이나 벅찬 그런 감정도 아닐 테고, 원망이나 미움 같은 것도 남아 있지 않은데 이상하게 초조했다.

뭐지? 이 감정은?

나는 카라비너 홀더를 이빨로 꾹꾹 깨물기 시작했다.

— 어머니의 반대가 심한 눈치지만 너와 결혼하고 말겠어.

그렇게 자신만만했던 우진이 왜 갑자기 돌변해 버렸는지 당시엔 도무지 이해할 수가 없었다. 주임교수가 그를 사윗

감으로 탐내고 있다는 떠도는 소문도 헛소문이라고 흘려버렸다. 실연은 사랑을 잃어버린 것이 아니라 외면당하는 것이라는 것을 실감한 것은 그가 약혼녀를 데리고 어머니를 찾아왔을 때였다. 그때 나는 그의 선택이 탁월했다고 그를 향해 애써 웃어주었다. 그를 마음에서 놓아주기 위한 내 반어적인 제어 장치, 혹은 구실이었는지도 모른다.

그동안 내게 보내주었던 그의 편지를 꺼내 읽으며 밤을 밝히며 답장을 쓰던 때가 있었다. 그에게 쉰 세 번째의 번호가 찍힌 편지를 받은 날은 첫눈이 내리고 있었다. 그때 나는 서울에서, 그는 대전에서 대학에 다니고 있었다.

'늦잠에서 깨어나서 무조건 학교 쪽으로 발길을 옮겼는데, 교정이 텅 비어 있었어. 그제야 오늘이 개교기념일이라는 것을 알았어. 매일 반복되는 습관이 무의식에 잠재되어 있어서 그날도 학교로 향하게 했을 거야. 텅 빈 교정을 보고 있으니까 마음까지 텅 비어 오더라. 갑자기 네가 보고 싶었어. 무조건 서울행 기차를 탔지. 그런데 이사했다는 네 말을 기억하지 못한 거야. 네가 주소도 전화번호도 알려주지 않은 걸 깜박한 거야. 네 친구 있잖아. 미정 씨에게 전화해서 알아봤지만 허사였어. 결국, 의정부에서 군복무하는 친구 면회만 하고 되돌아 왔어. 돌아와서 이렇게

편지를 쓰고 있어. 지금 당장 보고 싶어. 너도 그랬으면 좋겠다.'

그날 그에게 전화를 했다. 편지를 받았다고. 첫눈이 온다고.

그날 우리는 대전과 서울의 중간쯤인 천안에서 만났다. 차를 마시고 식사를 하고 또 술을 마셨지만 우리는 헤어지는 것을 아쉬워했다. 그가 내 손을 잡았고 나는 그를 따라 대전으로 내려갔다. 비좁은 여관방에서는 습한 벽지 냄새가 났다. 그는 곤히 잠들어 있었다. 그가 잠에서 깨어날까봐 숨도 못 쉬었지만, 가슴이 콩콩 뛰었다. 자는 줄 알았던 그가 숨을 몰아쉬더니 나직하게 불렀다.

— 가연아.

그의 부름에 왠지 심장이 덜컥 내려앉았다.

— 사랑이라는 게 뭐니?

나는 숨을 죽이고 가만히 있었다. 새삼스럽게 사랑 운운하는 그가 어쩐지 두려웠다. 그가 다시 물었다.

— 사랑은 쟁취하는 것이 아닐까?

— 왜 갑자기 그런 말을 해? 무섭게.

— 널 잃고 말 것만 같아서야. 결국.

— …….

그는 다시 잠 속으로 빠져든 것 같았지만 내 심장은 아까보다 더 뛰었다. 나는 어둠과 침묵에 갇힌 채 새벽을 맞았다. 내가 약간 몸을 뒤채이며 그에게서 돌아누웠을 때, 그가 나를 와락 안아버렸다. 거칠게 내 입술을 찾던 그가 서툰 손짓으로 내 옷을 벗기려고 허둥댔다. 나는 당황해서 그를 왈칵 밀어냈다.

— 왜 이러는 거야? 우진 씨 답지 않잖아!

— 나다운 것? 그게 뭔데? 다 양보하는 것?

그는 난폭하기까지 했다.

— 도대체 왜 이래? 싫어! 딴 사람 같아!

그는 내 앙탈 같은 것은 아랑곳하지 않았다.

— 그런 것이 나다운 거라면 이젠 안 해! 아니 못 해!

바둥거리는 내 팔과 다리를 그는 자기의 양다리로 부여잡고 꼼짝 못하게 옥죄었다.

— 어때? 혼을 휘둘린 사랑, 우리도 그런 거, 한번 해볼까?

그가 이렇게 힘이 세리라곤 상상도 못했다. 안간힘을 쓰던 나는 마침내 온몸에서 손을 풀었다.

— 알았어. 알았으니까 잠깐만 내 말을 들어줄래?

그는 내 위에서 미동도 하지 않고 가만히 엎드려 있었다.

무언가 폭발할 것 같았다. 나는 그를 달랬다.

— 이렇게는 싫어. 누구도 내 사랑을 함부로 하는 건. 그 게 설령 우진 씨라도.

잠깐 그의 숨이 멈추어졌다. 내 말투는 침통했다.

— 사랑은……. 서로 원할 때 한몸이 되는 거라고 생각 해.

나는 내가 가진 환상을 충족시키고 싶었다. 정조, 어쩌고 를 말하는 것이 아니었다. 사랑을 사랑답게, 내 방식으로 아름답게 피워내고 싶었다. 두 사람이 한 개의 마음으로. 그뿐이었다.

내 위에 죽은 듯이 엎드려 있던 그가 크게 숨을 부풀리더 니 옆으로 풀썩 떨어져 나갔다. 한참을 그러고 있던 그가 몸을 똑바로 하고 누웠다.

— 가연아, 재미난 얘기 하나 해 줄까?

숨을 고르던 그가 세상 다 산 늙다리 같은 목소리로 나직 하게 읊조렸다.

— 서른일곱 과부에게 아들이 있었대. 그녀에겐 그 아들 이 전부였지. 아니 전부인 줄 알고 살았겠지. 그녀에게 어 느 날 사랑이 찾아온 거야. 혼을 휘둘린 사랑. 그 사랑 앞 에 여인은 아들마저 버리고 싶었을 거야. 거추장스러웠겠

지.

그 말을 마친 그는 옷을 주섬주섬 주워 입고는 거칠게 밖으로 나갔다. 그리곤 몇 달 후 '그랑블루'에서의 만남이 마지막이었다.

정채상은 자동차 속도를 서서히 늦추었다.

— 이곳이 자구내 포구입니다. 저기 보이는 섬이 차귀섬이구요. 보십시오. 섬 전체는 동서로 길쭉한 모양이고 동쪽과 서쪽에 봉우리가 양립한 것이 특색입니다.

봉긋 솟은 두 개의 봉우리는 두 기(基)의 봉긋한 묘지(墓地) 같기도 했다. 왼쪽 봉우리는 여자가 다리를 길게 뻗고 누운 형상이었고 오른쪽 봉우리는 여자를 바라보며 매처럼 웅크리고 앉아 있는 남자의 형상이었다. 나는 어쩐지 그것이 우진 엄마와 아버지 같다고 여겨졌다.

어머니가 아득한 눈길로 바라보며 물었다.

— 저 섬이 우진 어매가 살던 곳인고?

— 아닙니다. 그분은 이곳 자구내 포구에서 사셨습니다.

— 그럼 왜 차귀도가 고향이라고 했을까?

— 어릴 적에 차귀섬에 사셨다고 들었습니다. 아까도 말씀드렸듯이 차귀섬은 이젠 무인도입니다.

어머니는 차귀섬에서 눈길을 떼지 않고 웅얼거렸다.

— 어쩜 저리도 적막해 보이는고.

8

차가 자구내 포구 마을로 들어섰다.

마을은 30여 가구 정도 될 듯싶었고 2, 3층의 반듯반듯한 건물도 꽤 있었다. 자동차 안에서 스쳐가는 지붕의 낮은 경사는 탯자리처럼 아늑했다. 서로 엉켜 똬리를 튼 담쟁이 넝쿨은 돌아서면 금방 그리울 연인처럼 느껴졌다. 건하와 나의 혼은 저 담쟁이 넝쿨처럼 단 한번이라도 얽혀본 적이 있었을까. 불현듯 그의 자일이, 홀더와 카라비너가 마구잡이로 스쳐갔다.

정채상이 안내한 곳은 아담한 2층집이었다. 대문에는 謹弔(근조)라고 쓰인 등(燈)이 매달려 있었고 크고 작은 조화가 자리를 차지하고 있었다.

문상객들로 북적이는 빈소에서, 상복 차림인 우진이 저만치에서 문상객들과 이야기를 하고 있다가 우리를 발견하곤 잰걸음으로 다가왔다.

우진 엄마의 영정사진이 홍자색 자운영꽃에 파묻혀 있는

하얀 정사

것 같았고 그곳에는 자운영 향이 가득 차 있는 것만 같았
다.

어머니가 빈소에 앉아 입속말을 삼켰다.

— 이사람, 이렇게 덜컥 가버리면 어쩌자는 겐가. 사람도
무심하기는.

우진 엄마가 가만가만 나에게 말을 걸어오는 것 같았다.

— 가연아, 해마다 자운영꽃은 피고 지겠지?

그 말은 아버지도 잘 계실 테지, 그런 속엣말로 들렸다.
우리가 살던 마을은 도시개발로 파헤쳐져 아파트와 공원
이 들어선 지 오래라는 것을 우진 엄마도 모를 리는 없을
것이다.

어머니는 속내에 꽁꽁 싸매둔 어떤 한(限)을 풀어 놓듯
질긴 울음을 끅끅 안으로 삼켰다. 마음의 옹이가 얼마나
깊었으면 저리도 울음조차 토해내지 못할까. 핑계 삼아 맺
힌 울혈을 이참에 툭 털어놓는 것도 나쁘지 않을 텐데. 어머
니의 옹이가 풀릴 수만 있다면 그랬으면 좋겠다고 나는 몇
번이고 생각했다. 그래야 돌아가실 때 덜 힘드실 테니까.

어쩌면 어머니는 평생토록 우진 엄마에게만은 의연해 보
이고 싶었는지도 모른다. 그래서 살아서 더욱 찾지 못했던
것이 아닐까. 자신이 지키고 있던 어떤 성(城)이 무너질까

자운영꽃 필 무렵

봐.

우리 세 남매는 어머니 뒤에 가만히 서 있었다. 그녀의 영정사진이 자운영꽃밭에서 웃고 있는 것 같았다. 아직 꽃이 피기 전, 우진 엄마가 자운영꽃밭을 걷고 있으면 저만치에서 어머니가 자운영을 낫으로 베어내고 있을 때도 있었다. 두꺼비 같은 손으로 여린 자운영 잎을 싹둑싹둑 베어내는 어머니의 손을 우진 엄마는 망연히 지켜보곤 했다. 어머니가 미나리처럼 새파랗게 여린 잎을 베어 데친 자운영 나물을 꼭 짜서 보퉁이에 싸주면 우진 엄마는 한사코 가져가지 않았다. 내 기억으로는 그녀가 어머니의 뜻을 거스른 적은 그때뿐이지 싶다.

나는 우진 엄마의 영정사진을 보며 오빠가 목격했던 비슷한 광경인 우진 엄마를 떠올렸다.

내가 읍내에 있는 우진네 집에서 학교에 다닐 때는 중학교 3학년이었는데, 오빠가 우진네 집에서 나간 뒤였다. 나는 가게가 딸린 방에서 우진 엄마와 함께 한방에서 잠을 잤다. 두런거리는 말소리에 깨어보면 영락없이 아버지가 앉아 있곤 했다. 어느 땐 깜박 졸다 깨어보면 아버지가 보이지 않았고, 그녀는 밤바다에 떠 있는 조그만 섬처럼 어둠 속에 오도카니 웅크리고 있었다. 그런 날 밤이면 우진 엄마는 나를 가슴에 품어 안고 밤새 뒤척였다. 그럴 때마다 자운영꽃 향기가 났고 나는 그 향기에 질식할 것만 같았다. 그녀는 아침이면 언제 그랬느냐는 듯이 해맑고 단정했다. 당시 우진이는 고3이었는데 그의 방은 가게의 뒤편 이층 건물에 있었다. 그는 햇빛을 보지 못한 음지식물처럼 피부가 하얗고 몸이 실파처럼 가늘었다. 그와 마주 대할 기회는 별로 없었지만, 어쩌다 마주치면 그 수려한 얼굴에 웃을 듯 말 듯 희미한 미소를 지어 보였다. 그의 입술이 유난히 빨갛다는 사실을 알고부터 턱없이 가슴이 뛰었다. 그는 가끔씩 아래층 건어물 가게로 내려와 내 옆을 서성였다. 한번은 내 손을 잡아끌다시피 그의 방으로 데리고 올라갔다. 자기의 책상의자에 나를 앉히고 가만히 내 눈을 들여다보던 그의 눈빛은 이슬만 먹고 산 사람처럼 맑고 투명했다. 그의 눈은 그의 어머니와 똑 닮아 있었다. 때로는 아버지의 코언저리가 슥 스쳐 가기도 했다.

— 넌 뭘 좋아하니?

그는 김현승의 시집을 보여주기도 하고 톨스토이의 부활과 도스토예프스키의 『죄와 벌』에 대해서 이야기를 해 주었다. 나는 공연히 불안해졌다. 그가 무슨 말을 하는지 귀에 잘 들어오지도 않았고 자꾸 가게 쪽으로 신경이 쓰였다. 아니나 다를까. 우진 엄마가 이층으로 올라와 우진이를 낮게 꾸짖었다.

— 지금은 중요한 시기이잖니!

단호한 눈빛으로 말을 아무린 그녀는 내 손을 꽉 잡고 아래층으로 내려오는데 어쩐지 화가 난 것 같았다. 그녀의 손에 내 손목이 잡힌 나는 우진에게 손을 잡혔을 때보다 심장이 더 뛰었다. 2층 계단에서 내려왔을 때 그녀가 말했다.

— 알지? 오빠를 방해하면 안 된다는 거. 절대로 그곳에 가면 안 돼. 알았지?

내 귓등으로 머리를 쓸어 올려 주는 그녀의 몸속 어딘가에서 슬픈 곡조의 풀피리 소리가 났다. 그 소리는 마치 호리병 속에 갇힌 귀뚜라미 울음소리 같기도 했다. 그것은 금기(禁忌)를 알려야 하는 숙명의 소리 같았다. 그래서인지 어린 나는 그녀의 말을 절대로 어기면 안 될 것 같은 느낌에 사로잡혀 부르르 진저리를 쳤다.

나는 늘 가게 뒤 건물 이층에 신경이 쓰였지만, 우진이를 보면 쌀쌀맞게 대했다. 특히 우진 엄마 앞에서는 더욱 냉담했다. 그 숨 막히는 정적이 싫었다. 얼마 후, 미연이가 중학교에 입학을 해서 읍내로 나와야 한다는 핑계를 대고 자취방을 얻어 나왔다.

― 어머니, 그만 일어나세요. 문상객들이 기다리고 계십
니다.

오빠가 귀엣말로 속삭이며 어머니를 부축하자, 어머니가
깜짝 놀라 주위를 돌아보곤 손수건으로 얼굴을 가리고 서
둘러 일어섰다.

― 어이구, 늙은이가 나만 생각했구나.

― 이쪽으로 오세요, 어머니. 뭘 좀 드셔야죠.

우진이는 서슴없이 '어머니'라는 호칭을 썼다. 나는 퍼
뜩 오빠를 보았다. 오빠는 의식적으로 내 눈길을 피하며
내 어깨너머로 다른 곳을 바라보았다. 그러나 정작 어머니
는 아무렇지도 않은 눈치였다. 나는 미연을 보았지만, 미
연은 뭐 신경 쓰느냐는 투로 어깨를 으쓱해 보였다.

우리가 밖으로 나오자 우진이가 따라 나왔다. 앞서가던
어머니가 걸음을 멈추고 오빠를 바라보았다.

― 혼자서 큰일을 치른다는 것이 쉽지 않을 게야. 여기
남아서 우진이 좀 도와주거라. 우진이는 형에게 의논도 좀
하고.

― 예.

오빠와 우진은 동시에 대답했다.

우진은 정채상에게 뭐라고 속삭였다. 정채상이 고개를

끄덕이며 우리를 앞장섰다. 어머니와 미연은 벌써 정채상을 따라 대문 밖을 나가고 있었다. 오빠가 빈소 쪽으로 먼저 걸음을 옮겼고, 오빠의 뒤를 따라가던 우진이 다시 내게로 돌아왔다.

— 뜻밖이야. 가연이가 올 줄은 몰랐어.

— …….

— 알아. 나를 용서할 수 없다는 거. 차라리 날 찾아와서 욕이라도 해줬더라면 아마 덜 힘들었을 거야.

나는 그의 눈길을 비키며 시리도록 맑은 하늘을 바라보았다.

— 변명이라고 해도 어쩔 수 없어. 난 한시도 널…….

— 지난 일이야. 나 곧 결혼해.

— 좋은 사람이 있다는 소문은 들었어. 클라이머라며?

나는 아무 대답도 하지 못한 채 저만치 대문 밖을 돌아나간 어머니의 뒤를 쫓아 발걸음을 떼어 놓았다.

9

호랑이 가죽 모양의 벽돌로 쌓은 도대불(등대)과 민박 촌을 돌아 고산리에 있는 수월봉 오름쪽으로 갔다. 오름 뒤로는 거의 수직으로 깎아지를 듯한 절벽과 기암괴석이 짐승처럼 웅크리고 있었다.

우리는 정채상을 따라 고산 동굴 안으로 들어갔다. 석회동굴은 일제 강점기에 파놓은 것이라고 정채상이 설명했다. 동굴 벽면은 둥글고 납작한 전병을 겹쳐 붙여 놓은 것 같았고, 만지면 부스러질 것 같았다. 나는 이곳이 혹 아버지와 우진 아버지가 만난 곳이 아닐까, 뜬금없는 생각을 하며 천천히 그곳을 벗어났다.

정채상은 차귀도에 대해 정확하게 설명하려고 애썼다.

— 차귀도에 처음 가족을 데리고 들어온 사람은 억새와 대나무를 베어서 집을 짓고 땅을 일구어서 보리, 조, 감자, 고구마 등을 심어 양식을 삼았답니다. 바닷고기들을 잡아먹고 험한 바위틈을 부수고 언덕길을 만들고 큰 먹돌을 치워 샘물이 나오는 곳을 깊게 파서 물이 많이 고이게 징게돌이 물통을 만들었답니다.

정채상은 역사학자 조교답게 역사적 배경을 설명할 때는 막힘이 없었지만, 전설이나 구전에는 약간 서툴렀다. 정채상이 정확하게 설명하려고 애쓰면 애쓸수록 서툰 그의 어투가 귀엽기조차 했다.

— 어느 날 어린 여자아이가 해안가에서 놀다가 바위틈에서 흘러나오는 물을 발견했는데 그것이 샘물이었다나 봐요.

— 어? 그 여자아이가 혹시 우진 엄마 아니었을까?

미연의 장난스러운 말에 모두 웃고 말았다.

우리는 다시 포구로 향했다. 마을에서 조금 떨어진 포구의 방파제는 ㄷ모양을 하고 있었고 여러 대의 고깃배가 매어져 있었다. 포구를 지키는 도대불 옆에서는 아낙네들이 챙이 넓은 모자를 쓰고 한치를 줄에 널어 건조시키고 있었다. 한치 냄새가 바람에 실려 오자 불쑥 허기가 찾아왔다.

정채상은 다시 모시러 온다며 돌아갔다.

옥돔 전문 한식집 실내에는 나나 무스꾸리의 목소리가 아름드리 넝쿨과 은은한 조명 속을 누비며 흘러 다니고 있었다.

— 어? 온리 러브네?

미연은 나직하게 읊조렸다. 이 작은 포구에서 나나무스꾸리의 목소리를 들을 수 있다는 것이 반가운 모양이었다.

— 역시 나나의 목소리는 언제 들어도 신비하고 마력적이야.

사람은 죽어 이 세상에 없는데 목소리만은 아직도 우리

곁에 남아 누군가의 영혼을 흔든다는 것이 새삼 신기했다. 우진 엄마와 자운영꽃밭의 잔상도 내게는 오래도록 남을 것이다. 온리 러브처럼.

― 언니, 저 노래는 사랑의 본령 같지 않아? 제목처럼.

온리 러브. 오직 사랑만 할 수 있다면 생이 얼마나 아름다울까. 그런 순간이 미연에게는 있었을까. 혹 우진 엄마에게도 있었을까. 아버지는 어땠을까. 어머니는? 오빠는? 그리고 나는?

자리를 잡고 앉았을 때, 미연이 약간 새치름하게 말했다.

― 신차숙 여사님, 생신을 축하합니다음. 난 사실 엄마 생신상도 장례식장에서 받는 게 아닌가 얼마나 가슴 졸였는데.

아직 불만이 가시지 않은 미연의 투정에 어머니가 달래는 투로 말했다.

― 생일이 뭐 그리 대수겠니.

한 해가 다르게 허리가 휘어져 가는 어머니의 모습을 나는 새삼스럽게 바라보았다. 우진 엄마의 장례식을 보고 엄마 생신을 맞아서인지 이상한 서글픔과 애잔함이 더했고, 담뱃진으로 검붉게 찌든 입술이 자꾸 마음을 헤집었다. 앞으로 우리 곁에 얼마나 더 머무를 수 있을는지, 어느 날 홀쩍 가버릴지, 아무도 알 수 없는 일이었다.

옥돔 살을 떼어 어머니의 수저 위에 자꾸 올려놓는 미연의 눈가도 붉게 물들어 있었다.

나는 평소에 하지 않던 말을 하며 잔을 부딪쳤다.

— 울엄마, 사랑해요. 생신 축하드리고 건강하셔야 해요. 그래야 우리 곁에 오래도록 남아 우리 사는 것도 보고 그러죠.

어머니는 잔을 부딪치며 말했다.

— 이렇게 와보니 좋구나. 그니가 살았을 적에 한번 와봤더라면 더 좋았을 걸……. 살아서는 만나기가 어찌 그리 어려웠던지……. 어찌 그리 마음에서 떼어내기가 수월치 않던지 후…….

한식집 뜰에는 철 이른 나비 떼가 어울려 나풀거렸다.

— 2월에 나비라니, 햇빛은 왜 이리 따사로울꼬.

어머니의 혼잣말에 나는 마치 꿈속에 와 있는 몽롱한 느낌마저 들었다. 꼭 취기 때문만은 아닐 것이다.

나는 어머니에게 물었다.

— 엄마, 우진 엄마를 처음에 어떻게 알게 되었어요?

전에는 그것이 왜 궁금하지 않았는지 이상했다. 그냥 우리 가족과 각별하게 지내는 사이이거나, 먼 친척이려니 짐작했을 뿐이다. 우진이가 어렸을 때 우리 집에서 분가해 시내로 나가 살아서 우진네에 관한 기억 같은 것도 별로 없었다.

어머니는 가늘게 실눈을 뜨며 입을 열었다.

— 느이들은 아직 태어나지도 않았을 적이었지. 저녁 어스름 때였는데 한 젊은 여자가 더듬거리며 우리 집에 들어서더라. 병색이 완연한 남정네랑 보퉁이 하나만 달랑 들고선. 제주에서 쫓겨들 왔다는데 무조건 느이 아버지를 찾아왔다더라. 느이 아버지는 사랑방에 피신 와서 누워 있는 남자를 위해 큰 머슴을 시켜 사방팔방으로 약초를 구해다 먹였다. 오리 피가 좋대서 집에 있는 오리를 사흘 도리로 잡아 먹였지. 그 덕인지 세 해를 더 살았니라. 그니 남편이 죽으면서 느이 아버지 손을 꼬옥 잡고서는 자기네 집사람 좀 살게 도와 달라구 눈물을 흘리며 신신당부를 하더라. 그니는 남편이 죽고도 우리 집 바깥사랑에 줄곧 살았는데 갓 태어난 사내아이를 끌어안고 밤낮 울기만 하더라. 당최 먹지를 않아서 그니의 젖이 다 말라붙었다. 해서 내가 갓난쟁이를 느이 오빠랑 함께 젖을 먹여 키웠니라.

어머니는 잠시 말허리를 끊고 담배를 한 모금 빨곤 후우— 길게 뿜어냈다. 어머니의 한숨 소리는 산 하나를 들었다 놓을 정도로 무겁고도 깊었다.

— 느이 아버지는 피붙이나 되는 듯끼 모자(母子)를 극진하게 보살피더라. 제주에서 친정 부모가 그니를 기다린다는 소식이 자꾸 왔지, 그래두 그니는 우리 집을 떠나지 않는 게야. 결국, 친정 부모가 전답을 팔아 외동딸을 위해 뭍으로 나왔지. 마침 좋은 땅이 난 게 있어서 느이 아버지가 잘 아는 사람을 통해 땅을 사 주었고. 나중에 땅값이 뛰어서 그니덜은 천석꾼 부럽잖은 부자가 됐지.

미연이 아슴한 눈길로 말했다.

— 그 여자 참 예뻤는데. 왜 혼자 살았을까. 재혼도 안 하고.

— 근동에선 제일 예뻤지. 얌전하고. 생각해보면 가엾은 여자였니라. 젊은 나이에 혼자되어 평생…….

어머니의 담담한 표정에 심술이 일었는지 미연이 내쏘듯이 불쑥 말했다.

— 혹 알아요? 울아부지랑 썸씽이라도 있었을지. 남녀 간의 일은 모르잖우?

— 느이 아버지가 여느 남정네처럼 헤프게 마음을 풀어 놓았으면……. 그런 양반이 아니었기에 우진 어매가 그토록…….

하얀 정사

어머니의 말마따나 아버지는 절제가 강한 분이라고 나도 어린 마음에도 생각했었다. 언제나 말끝이 간략했고 가까이 다가갈 수 없는 어떤 위엄이 있었다. 어리광이 심했던 나는 아버지 무릎에 앉거나 어깨에 매달리고 싶어도 가까이 다가서는 걸 늘 주춤거렸다.

아버지는 나와 함께 십리 길을 걸어도 여섯 살 난 내 손을 잡아 주지 않았다. 개울을 건널 때도, 꼬부라진 산길을 돌 때도, 자신의 갈 길만 묵묵히 걸었다. 나는 강아지처럼 아버지 곁에서 멀어졌다가 가까워졌다가 까불댔다. 산머루를 한 움큼 따서 아버지에게 내밀면 응, 고개를 끄덕일 뿐, 무슨 생각인가 골몰해 있었다. 무료해진 나는 아버지 곁에 바짝 붙어 서서 걷다가 주머니 속에 뭉툭 만져지는 것을 꺼냈다. 집에서 나올 때 아버지가 쥐여 준 아기 주먹만 한 알사탕이었다. 나는 알까발을 하고 아버지의 목에 매달려 아버지 입안에 사탕을 쑥 밀어 넣었다.

─ 지집애가 조신하지 못하구선.

아버지는 가만히 눈을 흘겼지만 얼떨결에 받아 문 사탕을 도로 뱉지는 않았다. 마침 산모퉁이를 돌아 작은 도랑을 건널 때, 코앞에서 젊은이가 불쑥 나타났다. 그가 아버지에게 정중히 허리를 구부렸다.

자운영꽃 필 무렵

― 어르신, 안녕하신개뷰.

아버지의 인사법은 특이하고도 흐트러짐이 없었다. 말소
리가 나직하면서도 느릿했다.

― 잘 있었는가. 그래 부친은 안녕하시구? 집안도 무고
하구?

아버지는 윗사람이든 아랫사람이든 모자를 벗어 정중하
게 고개를 숙이곤 했다. 젊은이는 아버지에게 그 인사를
받는 것조차 황송하다는 몸짓으로 다시 한 번 깊숙이 허리
를 구부렸다. 그러나 공칙하게도 아버지의 입안에서는 아
기 볼기짝만 한 알사탕이 불쑥 솟아올랐다. 사탕이 입안을
가로막고 있어서 아버지의 언어가 무슨 말인지 알아들을
수가 없었다. 아버지의 얼굴은 벌겋게 물들었고 당황하는
기색이 역력했다. 나는 고소해서 어깨를 웅크리고 큭큭,
웃었다. 아버지가 나를 돌아보며 꾸짖는 눈빛이었다.

어머니의 목소리가 멀리서 들려오는 것처럼 아득했다.

― 죄 남정네 상여가 나갈 때 그니가 어찌나 서럽게 울던
지. 그 참한 여자가 체통도 모르고 두 다리를 뻗고 땅을 치
며 통곡을 하더라. 어찌나 안돼 보이던지 통 남의 일 같지
가 않더라.

어머니의 말을 간추리면 이랬다.

객사한 사람은 상여를 멜 수 없다는 마을의 불문율을 깨고, 아버지가 우진 아버지의 관을 상여 속에 들게 하였다. 마을 사람들은 평소 아버지의 말을 잘 따라 주었지만, 그때는 모두 안 된다는 거였다. 종국엔 한솥밥을 먹은 정리를 보아서라도 양해해 달라고 아버지가 간절하게 설득했다. 아버지의 주선으로 남자는 조촐하게나마 상여를 타게 되었고 공동묘지 한 귀퉁이에 묻히게 되었다. 그 후, 아버지는 일꾼을 시키지 않고 산소를 손수 벌초해 주었다.

어머니는 말을 잠깐 멈추고 담배 연기를 길게 내뺐었다. 손끝이 미세하게 떨리고 있었다. 나는 따뜻한 물을 청해 어머니 앞에 놓아주었다. 어머니가 속이 타는지 벌컥벌컥 물을 들이켰다.

— 젊었을 적 얘기다만…… 그니 때문에 더러 가슴을 태운 적도 있었지.

미연이 무슨 말인지 잘 알아들을 수 없다는 표정으로 눈을 씀벅거렸다.

— 느덜도 이제 나이가 들어 알아들을 터이지만……. 느이 아버지는 그니에 대한 그리움과 열정을 나에게 쏟아 놓군 그랬지.

미연이 말을 끊었다.

— 엄마, 잠깐만! 그러니까…….

— 생각해 보면 그니는 내게 보살이었는지도 모르지. 나는 그니를 통해 사랑이란 놈을 이해하게 되었지. 남녀 간의 애정이란 맨살을 섞고 뜨거움만을 나누는 것이 아니라는 것을.

나는 어머니만큼 아버지에게 사랑을 받은 아내는 없을 것이라고 여겼었다. 어릴 적 기억이 각인되어서였을까. 초등학교에 들어가기 전까지 나와 동생은 으레 안방에서 잠들곤 했다. 아버지도 어머니도 굳이 말리지 않았다. 어머니가 몸져 누우면, 아버지는 읍내에서 초콜릿이나 양과자 등을 사 가지고 와선 어머니의 입에 조금씩 떼어 넣어 주었다. 잠 못 이루는 어머니 곁에서 책을 읽어 주는가 하면, 하루 동안 있었던 일을 나직나직 들려주었다. 그럴 때의 아버지는 딴사람 같았다. 옥색 한복감을 손수 끊어다가 삯바느질 집에 맡기어 어머니의 몸에 맞게 고운 옷을 해 입혔고, 담배에 손수 불을 붙여주곤 했다. 담배도 피우지 않는 아버지가 왜 어머니에게 고급담배를 사다 주는지, 어머니가 왜 그렇게 담배를 많이 피우는지 어린 나는 이해할 수가 없었다. 가끔씩 잠에서 깨어보면 아버지와 어머니는 도란거리며 화투놀이를 할 때도 있었고, 어느 때는 알몸으로 뒤엉켜 있기도 했다. 아버지가 어머니를 탐하는 그 순간은 평소와 전혀 달랐다. 흡사 기마병이 말을 몰아대듯 격렬했고 이따금 아버지 입에서는 섞음 욕이 거칠게 튀어나왔다.

— 이년! 고연 년! 너는 강새암도 할 줄 모른?

말채찍을 내리치듯 아버지는 손바닥으로 어머니의 맨살 엉덩이를 후려갈기며 질풍처럼 몰아댔다. 열두 살 차이가 났지만, 평소 아버지는 어머니에게 꼬박 높임말을 썼고 언행도 단정하게 예를 갖추었다. 그런 아버지가 밤이면 왜 그리도 상스럽게 휘돌아 치는지 어린 나에게는 수수께끼였다. 그러나 이튿날 아침이면 어젯밤의 아버지는 온데간데 없었다. 그때 나는 아버지의 진짜 모습이 어떤 것인지 혼란스러웠다. 밤새 꿈을 꾼 것인지, 아니면 다른 남자가 엄마를 다녀갔는지도 모른다고 혼자서 골골 앓았다. 그것은 어린 내겐 엄청난 비밀이기도 했다.

어머니는 마치 남의 이야기하듯 보따리를 풀어놓았다.

아버지가 어머니를 뜨겁게 탐하는 날은 우진네 집을 다녀온 날이었고, 그런 날 어머니는 재떨이가 수북하도록 담배를 피웠다. 겉으로 내색하지 않은 것은 체면이나 자존심 때문만은 아니었다. 우진 엄마의 행동이 워낙 조신했고,

어머니를 대하는 태도가 극진했다. 우진 엄마는 늘 제자리에 서 있는 섬처럼 아버지에게서 더 이상 가까워지지도 멀어지지도 않았다. 아버지도 그녀를 밀쳐내지도, 가까이하지도 않았고 똑 그만큼의 거리를 유지했다. 어느 날부터인지 모르게 어머니는 우진 엄마에 대한 연민이 느껴지기 시작했다. 그녀의 처지를 생각해보면 혼자 사는 외로움이 얼마나 절절할까, 하는 생각에 아버지에게 그녀를 가까이하기를 넌지시 권했다고 했다.

— 말도 안 돼, 어떻게 그럴 수 있지?

미연이 발끈해서 푸들거렸다. 하지만 나는 아버지가 돌아가실 때까지 어머니를 마음의 둥지로 여겼다는 사실을 조금은 이해할 것만 같았다. 어머니가 어떻게 해서 아버지의 마음을 사로잡을 수 있었는지 그것이 늘 궁금했던 터였다. 그 무뚝뚝하고 냉정한 아버지를 말이다.

나는 미열에 시달리거나 마음이 허할 때면 으레 아버지의 품 안을 탐했다. 그 넓고 깊은 가슴에 안기면 어지럼증이 단박에 가라앉을 것 같은데 아버지는 거기만큼 앉거라, 거기가 네 자리다, 하는 투로 그저 가만히 바라만 보았다.

길에서 아버지를 만나도 덥석 손을 잡거나 품 안에 안겨들지 못했다. 아버지, 하고 반가워서 소리치면 아버지는 크흠, 하고 제지하는 기침 소리를 냈다. 그리고는 비스듬히 등을 돌려 두루마기를 들추곤 조끼 안주머니에서 돈을 꺼내 나에게 주었다. 나는 돈을 꼬깃꼬깃 구겨 쥔 채 아버지 등 뒤로 던지며 에라이 순! 주먹밥을 먹이곤 했다.

정채상이 안내해준 3층 민박에서는 바다가 훤히 내려다 보였다. 차귀섬 왼쪽 끝자락에 걸린 해가 가물가물 바닷속으로 빠져들고 있었다.

나는 와인 잔을 들고 창가에 서 있는 미연에게 다가갔다. 미연이 살짝 잔을 부딪쳐왔다.

해무리가 점차 사라지면서 구름이 밀려오기 시작했다. 옆으로 길게 퍼진 거대한 노송 모양의 구름을 양쪽에 긴 거대한 독수리가 홰를 치며 하늘로 날아오르는 형상이었다. 그 구름 아래에 우뚝 서 있는 검은색의 차귀섬이 더욱 선명하게 도드라져 보였다. 섬 주위로 몰려드는 구름은 서서히 낙조를 덮어버리고 또다시 독수리 모양의 구름이 섬 위를 떠다니기 시작했다.

해가 조금씩 조금씩 바닷속으로 스며들더니 마침내 바다는 해를 덥석 삼켜버렸다. 바닷속으로 휘감겨 들어간 해와 바다가 절묘하게 교접하는 순간, 자운영꽃밭이 현란하게 흔들리는 환영을 나는 보았다. 자홍색 흔들림 속에 파묻힌 현란한 몸짓의 남녀.

어머니도 창밖에 시선을 던지고 바다를 정신없이 바라보고 있었다. 황홀한 낙조를 바라보는 어머니의 옆모습은 어쩐지 쓸쓸해 보였다. 자운영꽃밭의 현란한 흔들림을 어머니도 알고 있을까.

— 가연아.

나는 어머니가 하고 싶은 말을 알고 있었다. 너 언제까지 이렇게 살래? 사람은 모름지기 짝을 찾아 애를 갖고……. 또 그런 말을 하고 싶었을까.

그러나 어머니의 말은 뜻밖이었다.

— 나는 굳이 결혼을 강요하고 싶지는 않다. 일도 있고 하니, 그냥 좋은 사람 옆에 두고 사는 것도 괜찮지 싶다. 사는 게 뭐 거기서 거기더라.

나는 깜짝 놀라 어머니를 보았다.

— 느이들 여의살이를 시키고 죽어야 여한이 없을 텐데.

버릇처럼 말하던 때와는 전혀 다른 어머니였다. 나는 투명한 유리잔으로 눈길을 돌렸다.

— 넌 이 유리잔 같아. 꽉 쥐면 터질 것처럼 위태로워. 집착은 유리잔처럼 쉽게 깨지고 말지.

언젠가 건하가 했던 말이 가슴을 때렸다.

— 무슨 말이 하고 싶은 거야?

— 네 안에 더 큰 세계를 두고 중심을 지키는 것, 그것이 지혜야. 누가 누구를 사랑한다 해도 아무것도 채워지진 않아. 결국, 혼자가 되고 다시 제 자리야.

세상을 얻은 듯한, 혹은 세상을 다 버린 듯한, 모든 것을 다 깨우치고 놓여난 듯한 건하의 목소리는 담담했다. 그를 생각하면 늘 목이 말랐다. 그때마다 나는 목에 걸린 모조 홀더와 카라비너와 자일을 만지작거렸다. 내 손때가 묻은 그것들은 닳고 닳아 반질반질했다. 내 손안에 있으면서도 어딘가를 떠도는 그의 영혼처럼 늘 떠날 준비를 하는 것만 같은 나의 애물. 목안 깊숙이에서 뜨거운 것이 올라와 마른 침을 삼켰다.

나는 어머니를 보았다. 허공에서 어머니와 내 눈이 얽혀 들었다. 어머니의 허연 귀밑머리가 처연했다. 어머니를 탐하는 아버지의 모습이 흑백사진의 음영으로 겹쳐지면서 건하와 나의 모습도 오버랩 되었다. 뜨겁게 탐하면서도 생명이 없는 그 몸짓이 무슨 의미가 있을까. 열 번의 몸짓을 나누는 것보다 단 한 번의 혼으로 만나고 싶은 그 마음은 욕심일까. 욕망일까. 어머니는 육신이 아닌 혼으로 아버지를 몇 번이나 만났을까.

건하가 히말라야 카라코람 산맥에 있는, 가셔브럼봉으로
떠난 지 두 달이 지나도록 소식이 없을 때, 내 몸에서 피가
한 줌씩 빠져나가는 것 같았다. 내가 유일하게 할 수 있는
일이란 고작 그의 소식을 기다리며 목에 걸린 홀더를 만지
작거리는 일뿐이었다. 언제부터였을까. 산이 없이는 생(生)
이 있을 수 없다는 그의 말을 내 몸 속에 해소처럼 달고 산
것은.

산악인은 산에 있을 때만이 존재 의미가 있다는 그. 빙벽
이나 눈 덮인 산을 오를 때만이 살아있음을 느낀다는 그.
산이 우주인 그에게 나는 무엇이었을까. 성적 배설을 위한
도구? 산을 타다 돌아와 편안하게 쉴 수 있는 온돌?

잠든 어머니의 얼굴에는 세월의 무게가 무겁게 내려앉아
있었다. 꺼멓게 담뱃진이 찌든 어머니의 입술을 볼 때마다
나는 괴로웠다. 어머니에게 위안이고 버팀목이었을 담배
는 많은 세월 어머니의 잦아든 가슴을 과연 달래주기나 했
을까.

10

정신은 더욱 또렷해져서 좀체 잠을 이룰 수가 없었다. 나는 어머니가 깰세라 미연의 옆구리를 가만가만 흔들었다. 통통하고 탄력 있는 작은 몸이 용수철처럼 튕겨 일어났다. 그녀도 잠이 오지 않았던지 코트를 걸치며 나를 따라 나왔다. 파도는 달을 껴안은 채 철썩철썩 방파제를 쳐댔다. 차귀섬은 어둠에 갇혀 멀리 어렴풋이 보였다. 우리는 천천히 모래사장을 거닐었다. 낮과는 달리 밤 바닷가는 꽤 추웠다. 낚시꾼들은 추위도 아랑곳없이 웅크린 채 찌를 응시하고 있었다.

미연이 몸을 자라처럼 움츠리며 말했다.

— 엄마가 한 그 말씀 말야, 무슨 뜻인지 모르겠어. 보살이라느니, 여자를 나누고 싶었다느니, 무슨 법구경 같기도 하구 선문답 같기도 해서 말야. 아버지는 울 엄마보다 우진 엄마를 더 사랑한 건 아닐까.

— 그럴지도 모르지.

— 말도 안 돼. 이건 울 엄마에 대한 모욕이야.

— 너도 네 남자가 너만 사랑하길 바랐잖아.

— 흐흠.

미연이 낮게 신음했다.

― 언니, 엄마는 정말 우진 엄마의 사랑을 용납하셨을까.

나는 어둠에 묻혀 보이지 않는 섬에 눈길을 두었다.

― 아무리 우리 아버지이지만 우린 객관적인 눈을 가져야 하지 않을까. 엄마가 아버지와 우진 엄마를 냉정한 시선으로 볼 줄 알았던 것처럼. 남편으로서는 용납할 수 없는 것도 인간의 본성을 이해하면 조금은 수월했겠지. 어쩌면 사랑 자체를 인정해 주었는지도 모르고. 그래야 버리기가 수월할테니까.

― 그래서? 엄마는 그 여자를 보살이라고 한 거야? 풀쳐 생각해서?

― 그 시대의 여자로서는 지혜롭지 않았을까. 결국, 사랑을 쟁취한 것은 엄마였잖니. 그런 엄마를 아버지는 진심으로 사랑했는지도 모르고.

― 사랑은 무슨…… 정신은 딴 데 가 있고 몸만 와 있는데. 하긴 요즘 시대엔 정신은 없어도 섹스는 가능하다지만 말야.

'정신은 없어도 섹스가 가능하다?'

애써 덮어두었던 내밀한 비밀을 들켜버린 무참한 심정으로 나는 홀더를 잘근잘근 씹었다. 온몸의 뼈가 시렸다. '정신은 딴 데 가 있고 몸만 와 있는데' 그 말이 불에 달군 인두가 되어 내 심장을 지져댔다.

나에게 붙박이지 못하고 산으로만 떠도는 건하를 대하는 것처럼.

반쯤 배가 부른 달이 달무리 안에 갇혀 바다를 그윽하게 내려다보고 있었다.

등대의 불빛에 따라 저만치에서 물비늘이 여울졌다. 어둠에 갇혀 고요히 엎드려 있는 차귀섬에 있는 두 개의 봉우리가 유난히 도드라졌다.

미연이 궁금하다는 듯이 물었다.

— 엄마는 왜 그 여자를 끝내 미워하지 않았을까. 때로는 극진하기까지 느껴져. 아무리 시대가 다르다지만 이해가 안 돼.

— 어쩌면 엄마가 우진 엄마보다 더 고통스럽고 외로웠는지도 모르지. 자신의 입장을 지켜내기란 결국 엄청나고도 내밀한 싸움이잖니. 분란을 일으키면 결국 승복의 뜻이거든.

미연이 알 듯 모를 듯한 표정을 지었다.

— 여자를 나누고 싶다는 말은 또 무슨 뜻이었을까?

— 결국, 아버지의 휴화산 같은 사랑은 그 여자의 몫이라

는 것을 엄마는 알고 계셨겠지. 그 여자의 몫을 빼앗고 있다고 생각하셨을지도 모르고.

— 어우, 증말! 이 세상에서 울아버지만큼 울엄마를 사랑한 사람이 없다고 생각했는데. 아무튼, 남녀 간의 사랑이란 뭐가 뭔지 모르겠어. 어디까지가 사랑이고 어디까지가 불륜인지 모호하고.

서른 초입에 든 미연은 평소 나이에 비해 훨씬 앳되어 보였지만 오늘따라 몹시 지쳐 보였다.

— 요즘 많이 힘드니?

— 문득문득 그런 생각이 들어. 누군가를 아무리 사랑해도 허기가 진다는 생각. 누구도 내 남자가 될 수 없고, 결국 돌아서면 남이라는 허무감. 그렇다고 딱히 결혼하고 싶을 만큼 사랑하는 사람도 없고.

— 찾으면 되잖아.

— 영원한 사랑은 어디에도 없어.

— 넌 젊은 애가 왜 그렇게 배타적이니?

— 그냥 꿈꾸는 것이 편해. 원저 공 같은 사랑은 세상에 없다는 걸 깨달았으니까.

미연은 또 상처받을 것을 두려워하고 있었다.

— 어딘가에 있을지도 모르잖아. 그래서 사람들은 그 사

하얀 정사

랑을 끊임없이 기다리게 되는 거고.

미연이 비아냥대듯이 읊조렸다.

— 언닌 그쪽으론 꼭 어린애 같아. 하긴 뭐, 서른네 해가 되도록 오직 한 사람만 해바라기 한 여자가 뭘 알겠어?

미연을 짝사랑했다는 남자는 유부남이었다. 그는 사랑을 위해 이혼까지 불사하겠다며 덤벼들었다. 그에게 빠질 것을 두려워한 미연은 그를 피해 달아날 궁리만 했다. 그 숨바꼭질은 이 년 동안 계속되었고 쫓고 쫓기던 그들은 마침내 한집에 둥지를 틀었다. 그러나 남자는 미연을 찾아오는 횟수가 줄더니 꼬리를 감추었다. 아내와 아이를 버릴 수 없다는 것이 이유였다. 미연은 사랑을 위해 목숨을 바치겠다는 남자를 믿은 것이 얼마나 어리석은 착각인가를 깨달았다. 술을 마시고 담배를 피우고 게임에 빠지고 도박을 하고…… 폐인과 다름없는 시간 속에서 그녀는 아슬아슬하게 자신을 지탱했다. 아픈 사랑을 끝낸 미연은 이젠 누구에게도 사랑을 기대거나 믿지 않았다. 상대가 자신을 필요에 의해 만나듯이 자신도 필요에 의해서 상대를 만날 뿐이었다. 상대가 애달아 하거나 적극적인 구애를 해 오면 그녀는 곧 다른 나무로 날아오를 준비를 했다. 남의 남자 그림자로 산다는 건 참 쓸쓸하다고 독백처럼 읊조리던 미연은 늘 빛이 그립다고 했다. 자신만을 위해 존재하는 단 하나의 빛이.

— 그런 사랑을 찾아봐. 습지에 사는 음지식물처럼 숨지만 말고. 넌 능력도 있고 젊고 또 매력 있잖아.

— 가끔 나만의 남자가 필요하긴 해. 절절하게 외로울 때마다 내 곁에 있어줄 단 한 사람. 절체절명의 위기에서 나를 구해줄 단 한 사람. 하지만 그런 사랑은 세상에 없어, 언니 사랑은 그렇다고 확신해?

대꾸할 말을 미처 찾지 못하고 허둥대던 나는 간신히 대꾸했다.

— 끊임없이 변화를 요구하는 현대에서 자유롭게 놓아주고 놓여나는 것도 사랑의 한 방법일 테지.

— 흠, 유목민적 기질을 인정한다? 그렇다면! 만약에 말야. 산을 버리고 그 사랑을 택할 만큼 운명적인 연인이 상대에게 나타난다면 보내줄 수 있겠어?

— 글쎄?

나는 정말 알 수 없었다. 미연이 약간 흥분해서 말했다.

— 엄마는 어느 쪽이었을까? 아버지를 자유롭게 놓아주었기 때문에 그 사랑을 쟁취한 걸까. 혹 아버지는 엄마를 사랑해서가 아니라 우진 엄마와의 사랑을 깨트리지 않으

려고 엄마 뒤에 숨거나 엄마를 방패막이로 이용한 건 아닐까.

— 그럴지도 모르지.

— 어휴! 어렵다. 남녀 간의 일이란 좌우지간 복잡해.

미연의 물음이 진지했다.

— 아버지는 정말 우진 엄마에게도 그토록 가깝고도 멀리 있는 분이었을까.

나는 대답하지 못했다.

나에게도 아버지는 항상 가까이 있으면서도 멀리 있는 분이었던 것처럼. 손 한번 잡아 주면 맺힌 울혈이 단박에 풀릴 텐데 아버지는 항상 물그림자처럼 거기 그 자리에서 고요하고 단정했으니까. 그래서인지 아버지와의 추억은 거의 없었다. 가장 기억에 남는 것은 아버지의 칠순 때였는데, 그것이 나에게는 퍽 당혹스럽게 여겨졌다. 손님들의 재촉에 아버지는 장구와 북소리 장단에 맞추어 한바탕 창을 쏟아내곤, 미친 듯이 꽹과리를 두드리며 춤을 추었다. 추임새까지 곁들이며 신명이 올라 있던 아버지의 몸짓은 평소의 근엄한 모습과는 달랐다. 목소리도 몸짓도 눈빛도 전혀 다른 사람 같았고, 절절하게 한을 토해내는 한 마리 짐승 같았다. 내게는 늘 엄숙하게 위엄을 지키는 이미지가 깊이 각인되었기 때문에 그 모습이 기이하게 여겨졌다. 그때만큼 아버지가 생소했던 적이 없었다.

11

해무에 갇힌 섬은 희미하게 떠 있었고 끝없는 망망대해가 눈앞에 펼쳐져 있었다. 나는 문득 바닷속으로 침잠해 들어가는 '그랑블루'의 쟈크가 떠올랐다. 이어 한 줄 자일에 의지한 채 산을 기어오르는 건하도 떠올랐다. 두 사람은, 산과 바다로 대비되어 내 머릿속에서 혼란을 일으키며 뒤척였다. 산과 바다……. 바다와 산, 두 개의 이미지가 열렸다가 닫혔다가……엉켰다가 풀어졌다가…… 뒤채이기를 반복하고 있었다. 복잡하고 미묘한 사랑처럼.

인생도, 사랑도, 사람살이도 어쩌면 바다처럼 열렸다가 닫히고 출렁대기를 반복하면서 만나고 헤어지는 것은 아닐까.

선착장으로 향하면서 어머니가 정채상에게 미안해했다.

— 또 수고를 끼쳐서 어쩌우?

— 괜찮습니다. 오늘은 마침 바람이 없어서 배를 탈 수

있을 겁니다.

— 성산 일출봉에서 떠오른 해가 수월봉과 저 차귀도 너머 바다로 잠겨 드는 일몰 광경이 정말 황홀합니다. 하지만 조류의 흐름이 빠르고 거칠어서 바람이 조금만 불어도 배를 탈 수 없습니다.

차귀도에서 바다낚시를 해 보는 것도 좋은 추억거리가 될 것이라는 정채상의 권유에 어머니도 미연도 흔쾌히 동의했다. 나도 혹시 물고기를 잡아 올릴 때 독특한 소리라도 딸 수 있을까, 라는 욕심이 들었고 마침 도구를 챙겨오길 잘했다고 생각했다.

배는 파도를 가르며 빠르게 달렸다. 좀 추웠지만, 살갗을 스치는 바람은 상쾌했다.

멀리 차귀섬이 가물가물 보였다.

선장은 감성돔을 잡으려면 미끼를 써야 한다며 갯지렁이를 낚시코에 끼웠다.

— 이렇게 맑은 물은 내 생애 처음이구나.

어머니의 말마따나 해팽(海膨)의 밑바닥은 감성돔이 자맥질하는 것이 훤히 보였다.

— 저곳에 가보고 싶구나.

간절한 눈빛으로 차귀섬을 가리키는 어머니에게 선장은

단호한 어조로 말했다.

— 안됩니다. 저곳은 금단의 섬입니다.

— 저기 저렇게 가까이 보이는데두요?

— 여기서는 가까워 보이지만 아무리 다가가려 해도 물결이 가로막아 접근할 수 없습니다.

— 그런데 전에는 어떻게 사람들이 살았을까요?

— 글쎄요…… 전설 같은 얘기입니다.

— 이상도 하여라.

나는 어머니의 아슴한 눈길 끝을 따라가 보았다. 차귀섬의 끝자락에는 비를 몰고 올 듯 해미가 자욱하게 가라앉아 있었고, 하늘과 바다는 서로 맞닿은 듯 부여안고 있었다.

— 하루에 한 번씩 바닷물에 잠겼다가 떠오르는 저 섬을 사람들은 차귀도(遮歸道) 말고도 해표(海表)라고도 부른답니다.

정채상의 목소리가 멀리서 들리는 듯 아련했다. 돌아올 수 없는, 아무리 다가가도 가까워지지 않는, 늘 그 자리에 서 있는 듯한 차단된 섬, 그 차귀도를 나는 오래도록 바라보았다. 그곳은 온통 끝없이 이어진 자운영꽃밭이 일렁이고 있었다. 그 꽃 속에 우진 엄마와 아버지와 그리고 어머니의 모습이 팽팽한 거리감을 유지하고 있었다. 그 속에는 알 수 없는 이상한 소리가 떠다녔다. 신음 소리 같기도 하고, 애절하게 흐느끼는 소리 같기도 하고 슬픈 풀피리 소리, 혹은 성난 파도의 물결 같기도 했다. 사랑 자체를 버무린 듯한 소리가 한데 어우러져 소리치고 있었다. 나는 그 소리를 따고 싶어 양방향 깃털을 갖다 댔다. 가장 뜨겁게 열망하면서도 가까워질 수 없는 그 우미(愚迷)하면서도 침잠된 사랑. 그 사랑을 소리로 표현하면 어떤 소리가 날까.

배의 격한 흔들림으로 인해 내 목에 걸린 홀더의 고리에서 카라비너와 자일이 부딪치는 소리가 났다. 건하에게 생명줄이나 다름없을 그것들은 섬뜩하리 만치 차가웠다. 나의 열망과 집착과 소유욕을 이젠 수장시키고 싶었다. 사랑이라는 본질은 무엇이며 집착은 왜 생기며 사랑에 대한 두려움과 기쁨은 무엇인가. 사랑이라는 이름 아래 행해진 실체를 들여다보면 거기엔 집착과 소유가 똬리를 틀고 있다. 그것은 폭력이며 결국 상대를 위협하는 무기일 것이다. 달콤한 유자차 같은 사랑은 잠깐일 뿐 허울뿐이다. 지금 내 사랑은 그렇다.

나는 목걸이를 풀어내 파도 속에 힘껏 던졌다. 목걸이가 조그맣게 파문을 일으키다 물속으로 가라앉았다. 나를 돌

아본 미연의 표정이 묻고 있었다. '뭘 던진 거야?'

찌가 움찔 움직이자 미연이는 얼떨결에 잡고 있던 줄을 잡아당겼다. 나는 소리를 따기 위해 양방향의 깃털을 바닷물 가까이 가져다 댔다. 미연의 환호 소리. 정채상의 웃음소리, 어머니의 그늘진 눈빛. 성난 파도 소리, 물방울 떠오르는 소리, 구름이 흘러가는 소리. 가슴 속 깊이 수장된 내 집착의 음률까지도 깃털에 담았다. 아버지의 소리가 한을 토해내는 소리였다면, 나의 소리는 상처를 어루만져 되돌려 주는 승화의 소리로 깃털에 담기기를 바랐다.

미연의 상반신이 바닷속으로 빨려들 듯 위태롭게 갑판을 딛고 버티고 있었다. 달리는 배의 요동으로 미연의 몸이 덜덜덜덜 떨렸다. 어쩌면 삶도 사랑도 저렇게 버티는 것이 아닐까. 단단하게 두 다리를 땅에 딛고 손과 눈에 온 정열을 담아 그렇게 열정적으로 사랑하다 죽는 것, 그것도 보이지 않는 일종의 소리의 생이 아닐까. 그렇다면 우리 모두가 사랑을 원하는 것은 삶을 잘 버티기 위해서가 아닐까.

미연이 잡은 줄 끝에서 감성돔이 팽팽하게 반항했다. 그 짧은 순간의 요동 소리를 나는 깃털에 가뒀다. 갑판을 잔뜩 버팅기고 낚싯대를 잡고 있는 미연에게 다가간 정채상

하얀 정사

이 힘을 합했다. 감성돔이 이끌려 오면서 두 사람의 머리칼이 한데 나부꼈다. 물고기의 비늘이 갑판 위에서 햇빛에 부서졌다. 햇빛 부서지는 소리, 물고기가 요동치는 소리, 물보라가 울부짖는 소리, 미연이 줄을 잡고 서서 덜덜거리며 환호하는 소리 등이 빨려들듯이 양방향 깃털 속으로 흡수되었다.

선장이 회를 뜰 준비를 하며 자주색 물통을 바다에 집어넣고 물을 퍼 올렸다. 뜰망을 천천히 바라보던 어머니가 생명력으로 터질 듯한 두 마리의 물고기를 들어 올렸다. 물고기가 생명의 위협을 느꼈는지 안간힘을 다해 팔딱거렸다. 어머니는 뜰망을 기울여 물고기를 놓아주었다.

— 천년만년 살거라. 다시는 붙잡히지 말고.

두 마리의 물고기가 꼬리를 힘차게 저으며 바닷속으로 사라졌다. 미연이 뽀로통해져서 투덜댔다.

— 아, 애써 잡은 건데.

12

오빠는 우진의 어깨에 한 손을 올려놓고 그에게 비스듬

히 몸을 기댄 채 뭐라고 이야기를 주고받았다. 어머니가 그들에게 다가가자 우진이가 어머니에게 정중히 고개를 숙였다.

— 어머니, 이렇게 와 주셔서 고맙습니다. 엄마도 퍽 기뻐하셨을 겁니다.

우진의 눈가가 붉게 물들었다.

— 그랬으면 좋겠구나. 아무튼, 애하고 건강하고……. 어려운 일이 있으면 연락해라. 여기 형한테 의논도 좀 하고. 사는 게 뭐 다 그렇더라.

형이라는 말에 우진이가 오빠를 바라보았고 오빠는 우진에게 고개를 끄덕였다.

나는 우진에게 손을 내밀었다. 그는 악수 대신 포옹을 하려고 나를 끌어당겼다.

— 가연아, 네가 정말 행복했으면 좋겠다. 진심이야.

나는 그를 살짝 밀며 일부러 명랑하게 말했다.

— 내 결혼식엔 와 줄 거지?

그의 얼굴에는 짙은 그늘이 드리워져 있었다. 가슴 한구석을 움푹 빼앗긴 듯한 저 쓸쓸하고 외로운 표정. 왜 하필 그때 자운영꽃말이 떠올랐을까. 죽어서도 살아서도 인간을 위해 헌신한다는 꽃. 자운영꽃이야말로 사랑 자체가 아닐까. 그 때문에 우진 엄마는 평생을 가슴앓이를 했는지도 모른다.

　공항에는 때 아닌 이슬비가 내리고 있었다. 2월에 이슬비라니. 기분이 묘했다.

　비행기에 오르자마자 내 앞 좌석에 앉은 엄마와 오빠는 연체동물처럼 늘어져 곧 깊은 잠에 빠져버렸다. 오빠는 삼우제까지 장례 뒤치다꺼리를 해주느라 많이 피곤한 모양이었다. 나는 앞자리로 손을 뻗어 겨울 갈대처럼 바스러진 어머니의 목을 바로잡아 의자 등받이에 기대게 했다.

　내 옆에 앉은 미연은 내내 창밖을 내다보고 있었다. 불현듯 어느 책에서 읽은 구절이 떠올랐다. '동적인 것과 정적인 것 사이에서 균형을 유지하는 날개를 동시에 지니는 능력만이 자유를 보장해 준다.'

　비행기가 착륙을 준비하고 있었다. 나는 미연에게 물었다.

　— 그 질문 아직도 유효하니?

　— 어떤?

　미연이 눈을 동그랗게 떴다.

　— 건하에게 사랑하는 사람이 나타나면 보내줄 수 있는

자운영꽃 필 무렵

가, 라는.

— 이미 나타났잖아. 산.

미연도 씁쓸하게 웃었다. 나도 허한 마음으로 따라 웃었
다.

— 자유롭게 놓아주고 놓여나는 것이 사랑이라는 것을
깨달았기 때문에 엄마도 아버지를 놓아주었을까. 그것을
승리였다고 자위하는 것일까.

— 아예 놓아버린다면 무관심이나 방관이겠지. 무관심은
질투보다 잔혹하다잖아.

— 서로에게 놓여나지 않으면 그 상처가 켜켜이 고여 있
다가 썩어서 고름이 되기도 해.

미연이 처연한 어조로 말했다.

— 언니, 난 솔직히 정신과 육체가 결합된 사랑을 갈망
해. 족쇄여도 좋을 충만한 단 한 번의 사랑. 그런 사랑은
없다고 체념하면서도 끊임없이 꿈을 꾸곤 해.

— 꿈을 꾸는 건 누구에게나 주어진 특권이야. 꿈이 없으
면 너무 캄캄하잖아. 인생이.

— 응, 그래서 다시는 사랑하지 않는다 하면서도 또 다른
사랑을 기다리고, 상처받고 상처 줄 것을 두려워하면서도
우리는 여전히 꿈꾸나 봐. 살아야 하니까. 사람이니까. 사

랑만이 희망이니까.

　― 참 슬프다, 그치?

　― 살아있는 한, 그리움도 기다림도 형벌처럼 반복되겠
지. 그게 사랑의 본질 아닐까.

　미연의 눈이 이렇게 말하고 있었다.

　― 그래도 사랑은 형벌이 아니라 축복이라고 믿고 싶어.
난.

　비행기가 순항고도로 비행하고 있었다. 날아오르면 반드
시 내려앉아야 한다. 그것이 삶이다. 아마 사랑도 이와 다
르지 않을 것이다. **(문학저널 발표)** ✦

하얀 정사

「하얀 정사」에서는 사랑을 통해 영과 육, 나와 타자 간의 완전한 합일을 갈망하는 작가의 내적 지향성이 극적으로 잘 드러나 있다. 한라산 설경과 인물의 내면이 거울처럼 서로 조응하는 문장과 죽음 충동으로까지 몰아가는 몰아적, 성애적 탐닉심리가 수를 놓듯 섬세하게 서술되고 있어 감동적이다

검은 안경

방금 타고 온 택시가 산허리를 돌아 휙, 뱀 꼬리처럼 사라졌다. S자로 굽은 산허리 쪽에는 운해(雲海)가 낮게 내려앉아 있었다.

나는 눈을 깜박거리며 산 위쪽으로 눈길을 돌렸다. 한라산 입구, 영실 쪽으로 내처 뻗은 산길에는 눈이 펑펑 쏟아지고 있었다. 거기에는 흡사 거기 그냥, 그렇게, 애초부터 눈이 쌓여 있었던 것처럼 온통 새하얗게 뒤덮여 있었다.

시누이 해명 씨가 중얼거렸다.

— 이상하네, 몇 초 사이에 다른 세상에 온 것 같네.

— 그러게요. 신기하네.

지효 씨도 고개를 갸웃하며 산 위쪽을 올려다보았다. 짧은 커트 머리 사이로 얼핏 보이는 진주 귀고리가 새하얀 눈에 반사되어 반짝, 빛을 뿜어냈다. 나는 순간적으로 눈을 감았다. 어젯밤 시누이가 지효 씨의 그 귀고리를 만지작거리며 속삭인 말은 대체 무엇이었을까. 내 눈엔 너만

하얀 정사

보이는구나. 네가 없으면 어쩔 뻔했니? 그런 말이었을까. 저도요. 저도 그래요.

시누이 쪽으로 파고들듯이 머리를 기대는 지효 씨도 그런 눈빛이었다. 나는 두 사람의 다음 행동을 차마 볼 수 없어 침대 벽 쪽으로 돌아누운 채 내내 눈을 감고 있었다.

천지가 온통 눈이었다. 위쪽과 아래쪽은 풍경도 분위기도 전혀 다른 세계처럼 분리되어 있었다. 조금 전 택시를 타고 오면서 보았던 유채꽃, 날갯짓하는 나비, 나른한 봄기운을 품은 바람, 낮게 내려앉은 안개…… 마치 꿈속에서 보았던 기억처럼 혼몽했다.

은빛 눈(雪)이 시신경 안으로 쏟아져 들어왔다. 눈을 뜰수가 없었다. 나는 눈썹을 찡그리고 검정 바지와 흰 파카의 등산복을 입은 시누이와 같은 계열의 옷을 입은 지효 씨를 바라보았다. 두 사람은 한 사람인 듯 겹쳐 보였다. 그들의 뒷모습은 시누이와 올케라는 관계가 무색할 정도였고 십여 년의 나이 차이가 느껴지지 않을 정도로 잘 어울렸다. 나는 그들과 함께 있으면 늘 섞이지 못하는 하나의 이물질에 불과하다는 소외감에 휩싸이곤 했다. 그때마다 세상에 단 한 사람, 나의 다른 한쪽이 늘 그리웠다. 나의 소망은……. 사랑하는 연인과 열렬히 몰입하고 집중한 정사(情事) 상태에서 정사(情死)하는 것이었다. 한 치의 틈도 거리감도 없는 완전한 몰입의 상태. 그쯤에서 숨을 놓을 수만 있다면……. 그것이 헛된 욕망이라도 어쩔 수 없었다.

내 손발이 떨리고 있었다. 나는 호흡을 골랐다. 시신경에 집중했다. 요가 음악이 귓가에 흘렀다. 물소리, 바람소리, 새소리가 어우러진 청량한 음률이 숲에서 들려왔다. 요가 시간에 수련생들에게 하듯이 읊조렸다. 복부를 풍만하게 둥글게, 흠……. 숨을 깊게 들이마시고 천천히 복부를 끌어당겨 흠……. 내뱉으세요.

흐흠……. 나는 숨을 최대한 깊이 들이마셨다가 흡……. 입으로 길게 내쉬었다. 호흡이 고르게 이어졌다. 눈꺼풀이 내려앉고 깊은 의식 속으로 잠이 몰려들었다. 수면마취 중 의사가 했던 말이 이명처럼 파고들었다. 천천히 숫자를 헤아리세요. 열부터 천천히…… 열, 아홉, 여덟……. 아늑한 잠이 몰려들었다. 가물가물……. 여섯……. 끝을 붙잡은 내 의식은 너무도 평안했다. 죽음이 이렇게 안온하다면 이대로 깨어나지 않기를 간절히 바랐다. 죽음, 그것이 내 염원이 된 지 3년째였다. 남편을 잃고 다시 검은 안경을 쓰면 서부터였다. 나를 상담하면서 지효 씨가 말했었다.

— 죽음 충동이 있다고 해서 굳이 나쁠 건 없어요. 반어 적으로 일종의 생의 의지, 살고 싶다는 강렬한 욕구니까.

— 괜찮으십니까?

내게 선뜻 다가서지도 못하고 그렇다고 멀리 떨어지지도 않고 적당한 '거리'에 선 승완이 조심스럽게 물어왔다. 핑, 어지러웠다. 아찔했다. 눈을 감았다. 하얀 독소에 찔린 것 처럼 눈(目)뿌리가 시었다. 은빛으로 부서지는 눈(雪) 때문 이었다. 평소 나는 색이 짙은 선글라스가 아니면 햇빛을 이고 다닐 수가 없었다.

감은 눈 안에서 쉴 새 없이 눈물이 흘렀다. 양 무릎을 두 손으로 감싸 안은 채 눈을 감았다. 시큰거리는 눈 뿌리를 진정시켜야 했다. 호흡을 가다듬고 시신경에 집중했다. 눈 을 꼭 감고 12시를 노려보세요. 셋, 둘, 하나. 이번엔 9시 방향을 보세요. 다시 3시. 9시. 12시……. 요가수련 중에 하듯이 eyeball(눈알)을 굴리며 시신경 운동을 했다. 눈은 조금 편해졌지만, 빛이 주는 괴로움은 어쩌지 못했다. 나 는 두려움에 소리쳤다. 지금 내게 필요한 것은 검은 안경이야! 나는 불안스레 중얼거리며 주위를 둘러보았다. 괜찮아, 단지 검은 안경이 필요할 뿐이야. 누군가 내게 속삭였다. 그 누구는 또 하나의 나 같기도 했다.

내 속의 누군가가 소리쳤다. 검은 안경은 여기 없어!

나는 서귀포 숙소에 두곤 온 검은 안경을 떠올렸다. 남편과 유럽 여행을 갔을 때 산 것이었다. 유럽 여행 중 백화점에 들렀을 때, 아무것에도 관심 없던 내가 안경점 안으로 들어가 훔치듯 들고나온 것은 검은 안경 네 개였다. 마치 미리 보아두었던 것처럼 척척척, 안경을 집어 든 나는 바람처럼 안경점 유리문을 빠져나왔다. 남편의 말이 등 뒤로 따라붙었다. 여보, 계산을 하고 가야지. 이리 가져와 봐요.

나는 유리문 밖에서 안경점 안을 빤히 들여다보았다. 짓이겨진 입술을 유리문에 바짝 댄 채 남편을 바라보았다. 남편이 입모양으로 간절하게 손짓했다. 이리 와요. 착하지?

나와 열일곱 살 차이인 남편은 늘 아버지, 혹은 큰오빠 같았다. 그는 자연의 품처럼 부드럽고 편안했지만, 그에게 어리광을 부리거나 반말을 하지 못했다. 그를 지나치게 존경한, 어떤 거리감 때문이었을 것이다.

검은 안경에 집착하는 나에 대해 정신분석학자가 남편에

게 이렇게 말했다.

타인으로부터 자신을 차단하고 스스로를 보호하고 싶은 일종의 보호 본능입니다. 수치로부터 꽁꽁 숨고 싶고, 격리되고 싶은…… 무엇으로부터 잊히고 싶은……. 하지만 선생처럼 따뜻한 분이 곁에 있는 한, 염려 없습니다.

— 따뜻한 커피 한 잔하시겠습니까?

승완의 물음에 나는 고개를 저었다. 시누이와 지효 씨가 긴장된 눈빛으로 나를 보았다. 나는 읊조렸다. 검은 안경이 필요해. 지금 당장!

그러나 입 밖으로 소리 내어 그렇게 말할 수는 없었다. 울컥, 피로를 느꼈다. 넥타이를 꽉 조여 맨 듯한 승완을 보면 나는 그 끈을 확, 풀어헤치고 싶은 사나운 충동이 일곤했다. 한 치의 틈도 흔들림도 없는 근위무사 같은 그를 볼 때마다 나는 관능에 사로잡혔다. 활활 타오르는 불길처럼, 신명 나는 춤사위를 벌이고 싶은 무녀처럼 그렇게 타오르고 싶었다. 그 충동은 때론 간곡했고 때론 무참했다.

남편의 49재를 지낸 그 날, 승완은 자신의 거처로 돌아가지 않았다. 저녁 식사 후, 건넌방에 틀어박힌 그는 온 밤내 기척이 없었다. 서른아홉 평 집안은 기괴함이 떠돌았다. 49재라는 말이 주는 무거움 때문인지 음울한 분위기 때문인지 침묵이 집 전체를 싸안고 점점 가라앉는 것만 같았다. 무섭고 두려웠다. 하지만 승완의 존재를 인식하자 집안에 감도는 따뜻한 기운을 느꼈다. 아직도 남편이 내 곁에 남아 있는 것 같은 알 수 없는 안도감. 방금 전 죽음이라는 나쁜 꿈을 꾼 것 같은, 여행에서 돌아온 남편이 건넌방에서 곤하게 자고 있는 것 같은…… 그 착각은 나를 야릇한 감정으로 휘몰아갔다. 그가 집안 어딘가에 있다는 자체만으로 나는 충만했다. 지친 그를 깊이 잠들게 해주고 싶었다. 그는 여독을 풀 시간이 필요했다. 하지만 그런 마음과는 달리 내 귀는 그를 향해 활짝 열려 있었다. 나는 더 이상 참을 수 없었다. 여보, 이제 그만 깨어나세요. 당신 얼굴을 만지고 싶어.

남편은 나를 깨어나게 했던 존재였다. 흙 속에 묻혀 천 년 동안 눈뜨지 못할 죽은 씨앗 같은 내게 그는 생명을 불어넣었다. 내 성장은 매우 더뎠다. 뿌리가 썩고…… 다시 자라다가 또 썩고…… 그러나 그는 포기하지 않았다. 해조류, 채소류, 나무뿌리……. 그는 내 몸에 맞는 음식을 해 먹이면서 극진히 나를 돌보았다.

그는 깊이 잠든 사람처럼 기척이 없었다. 나는 불안했다.

하얀 정사

초조했다. 갈증이 났다. 캔 맥주를 벌컥벌컥 마셨다. 그래도 자꾸 목이 말랐다. '하루에 두 알'이라고 적힌 병 안에서 노란 알약을 한 줌 꺼내 입에 털어 넣었다. 약은 맥주에 섞여 목 안으로 쑥 넘어갔다. 나의 염원은 간절했다. 오늘 밤, 그이 곁에서 잠들고 싶어, 죽은 듯이.

부릉부릉, 엔진 소리가 들려왔다. 소리 나는 쪽을 보았다. 눈을 흠뻑 뒤집어쓴 승합차가 오르막을 오르려고 안간힘을 쓰고 있었다. 승합차 옆구리에 '승○ 교회'라고 쓰여 있었는데 ○자에만 눈이 덮여 있었다.

남자들은 차를 세워놓고 뒷바퀴에 체인을 감고 있었다. 쪼그리고 앉은 남자들 뒤에서 여자들의 기도 소리가 끊이지 않았다. 아버지! 하나님! 아멘! 여자들은 두 손을 모으고 아멘! 아멘! 부르짖었다.

눈 덮인 한라산에서의 기도 소리는 매우 이질적이었고 이물스럽기조차 했다.

나는 그들을 향해 걸어갔다.

— 정말 하느님 나라가 있나요?

아무도 내 말을 듣지 못했는지 누구도 거들떠보지 않았다. 어쩌면 내가 아무 말도 하지 않았는지도 모른다.

— 하느님 나라에 가면 그이를 만날 수 있나요?

나는 진심으로 묻고 싶었다. 내게는 수천만 명의 군중보다 '단 한 사람'이 소중했으므로.

— 괜찮니?

시누이의 눈에는 걱정스러움이 담겨 있었다.

— 괜찮아요.

나는 입속말로 중얼거렸다. 단지 검은 안경이 필요할 뿐이야.

눈에서는 시큰한 물이 흘렀다. 괜찮습니까? 괜찮니? 괜찮아요? 승완도 시누이도 지효 씨도 늘 그렇게 물었다. 그들의 물음은 내 폐부를, 심장을, 뇌를 콕콕 찔러댔다. 문제가 있는 사람에 대한 경계와 의혹의 눈초리……. 나는 그들에게 언제든 문제를 만들어 낼 수 있는 위험한 존재였다. 그들과는 달리 남편은 늘 나를 안심시켰다. 괜찮아? 하고 의문문으로 묻지 않고, 괜찮아. 하고 긍정문으로 말했다. 괜찮아, 곧 익숙해질 거야. 괜찮아, 내가 있잖아. 괜찮아. 뭐든 마음먹기에 달린 거야. 물음표가 아닌 마침표로 마무리 짓는 남편의 목소리를 들으면 내 안에서 따뜻한 온기가 피어 올랐다. 나는 그 온기가 좋았다. 고마워요. 그러자 정말 괜찮아지는 것 같았다. 은빛 눈(雪)에서 쏟아지는 빛도 견딜 수 있을 것 같았고 검은 안경이 없어도 괜찮을 것 같았다.

승완이 나를 보고 서 있었다. 걱정스러운 눈빛이 스쳐 지나갔다. 승완의 눈빛은 부드럽고 따뜻했지만, 남편에 비해 훨씬 강직하고 고집스러웠다. 남편의 장례를 치르고 승완이 근 열흘 동안 거르지 않고 집에 왔다. 그의 손에는 가끔 꽃묶음이 들려 있기도 했고 과일 바구니가 들려 있을 때도 있었다.

— 엄마가 갖다 드리라고 해서…….

그는 어색하고 무안쩍은 표정으로 가져온 물건을 내 앞에 내밀었다. 새어머니 혼자 얼마나 힘드시겠냐고, 함께 저녁 먹고, 자고 오라고 엄마가 말했다고 승완이 전했다. 무뚝뚝한 그의 입에서 '엄마'라는 말이 나왔을 때 나는 충격을 받았다. 어떻게 스물아홉 청년의 입에서 저토록 자연스럽게 '엄마'라는 호칭이 흘러나오는지, 알 수 없는 시샘과 동시에 끓어오르는 애정을 느꼈다. 복잡하고 미묘한 감정이었다. 거부감이라면 그의 '엄마'에게 느끼는 모성으로서의 시샘일 것이고, 애정이라면 '내 아이'에 대한 결핍증

하얀 정사

같은 것이었다.

어쨌든 '엄마'라는 단어는 예리하고 날카롭게 내 신경을 건드렸다. 나는 조금 뾰족해져서 '엄마'라는 단어를 콕 집어서 되돌려주었다.

— '엄마'에게 고맙다고 전해줘어.

'요'도 아니고 '여'도 아닌 '어'로 말이 마무리 되었다.

승완이 예의바르고 무뚝뚝하게 대꾸했다.

— 네, 알겠습니다.

카레이싱

눈은 계속해서 펑펑 쏟아졌다.

앙상한 나뭇가지에 어떻게 저렇게 눈이 얹힐 수 있을까, 신기했다. 무게를 견디지 못하고 휘어져 있던 나뭇가지가 휘청, 흔들렸다. 청설모 한 마리가 쏜살같이 나뭇가지를 타고 곡예를 했고, 그 바람에 눈덩이가 우르르, 쏟아졌다. 눈이 부셨다. 눈 뿌리가 또 시큰거렸다.

내 뒤를 따라오던 승완이 통화를 하며 나지막한 단음(斷音)으로 대답했다.

— 응, 한라산. 영실 쪽.

승완은 잠시 걸음을 멈추고 풍경을 바라보다가 눈이 오고 있네. 하고 덧붙였다. 눈이 오네. 이쪽의 풍경을 알리는 다소 감상적인 어투와는 달리, 상대 쪽에서 거친 음성이 튀어나왔다.

— 얀마! 경기가 낼모레야! 정신이 있어?

승완이 카레이싱에 미쳐 있다는 것을 안 것은 용인 스피

드웨이에서 우편물이 날아왔을 때였다. 출전하기 전에 부모에게 반드시 사인을 받아야 하는 승낙서였다. 다쳐도 책임질 수 없고 경기 일주일 전까지 연락이 없으면 기권 처리하겠다는 일종의 각서 비슷한 내용이었다.

나는 그 엽서를 화장대 서랍에 깊숙이 감춰두곤 승완을 기다렸다. 그때부터였을까. 승완을 기다리게 된 것은?

승완을 마음에 담은 것은 판에 박은 듯이 남편을 닮아서일까. 아니면 카레이싱 때문일까.

남편은 카레이서였던 큰 아들 은완을 잃은 지 4년이 지났는데도 가끔씩 한밤중에 잠자리에서 벌떡 일어나 짐승 같은 울음을 쏟아내곤 했다. 은완아, 은완아. 그의 목울음은 산짐승이 새끼를 찾는 울부짖음처럼 들렸다. 그런 밤을 지낸 다음 날이면 그는 종일 법구경을 읊조렸다.

마을이나/ 숲이나/ 골짜기나/ 평지나/ 깨달음을 얻은 이가/ 살았던 곳이면/ 어디서나/ 그곳은/ 천국이다.

남편은 내게 늘 거기만큼의 보이지 않는 거리감이 있었다. 멀어지지도 가까워지지도 않는……. 그 거리감을 느끼지 않을 때는 뱀이 똬리를 틀 듯 함께 엉켜 있을 때뿐이었

하얀 정사

다. 그때만이 온전히 그의 온기를 느낄 수 있었다.

카레이싱 이야기만 나오면 남편은 예민하게 반응했다. 건드리면 곧 폭발할 폭탄 같았다. 그런 남편에게 차마 엽서를 보일 수가 없었다. 엽서를 궁금해하는 남편에게 이렇게 무마했다.

— 카레이싱을 해볼까, 해서요. 남편이 노기 띤 눈으로 나를 보았다.

— 왜 하필 카레이싱이요?

남편의 눈빛이 그렇게 무서운 적은 없었다. 나는 놀랐다. 하지만 한편 기쁘기도 했다. 누군가가 나를 염려한다는 사실이. 그 염려하는 사람이 남편이라는 사실에 나는 안도를 느꼈다. 카레이서인 내 아버지가 사고로 사망했다는 소식을 접한 어머니는 기절했고, 내가 아버지의 유품을 가지고 놀 때마다 어머니는 기겁을 했다. 아버지 없이 나를 기른 어머니에게 나는 아마 '숨'이었을 것이다. 어머니가 그랬듯이, 남편에게도 은완은 숨이었을 것이다.

그날 남편은 승완에게 전화를 걸었다. 어쩌면 '카레이싱'이라는 내 말에 은완이 생각났을 것이고 은완과 승완이, 두 아들이 그리웠을 것이다. 은완과 승완은 쌍둥이였지만 성격이 판이하게 달랐다. 승완이 과묵하고 부드럽다

하얀 정사

면 은완이 세심하고 날카로웠다.

남편이 전화로 승완에게 물었다.

— 별일은 없느냐, 건강은 어떠냐, 외무고시는 잘 되어
가느냐?

승완은 네, 네, 대답만 했다.

— 집에 좀 들리거라.

남편의 어투는 어쩐지 단호하게 들렸다. 승완은 사흘이
지나도록 집에 오지 않았다. 나는 은근히 애가 탔다. 승낙
서에 사인을 해서 보내야 하는 날짜는 이틀을 남겨두고 있
었다. 나는 승완에게 전화를 걸었다. 언제쯤 집에 올 거냐
고.

승완이 물기 없는 목소리로 되물었다.

— 집에 무슨 일이 있습니까? 전화를 다 하시고.

수화기 저쪽에서 승완이 숨을 멈추고 한참을 그러고 있
었다. 나는 승낙서에 내가 대신 사인해서 보내도 되겠느냐
고 물었다. 승완이 멈칫, 숨을 멈추더니 곧이어 대답했다.

— 고맙습니다.

승완이 카레이싱을 한다는 것을 남편이 눈치챈 것은 보
름 후였다. 새벽마다 도봉산 자락을 오르는 남편을 따라
대문을 나서는데, 담 밑에 경주용 자동차가 서 있었다. 자

　　　　　　　　　　　　　　　하얀 정사

동차 뒤 유리창에 23이라고 쓰인 엔틱(차에 붙이는 선수 번호표)이 붙어 있었다. 아마 춘천에서 경기를 끝낸 승완은 새벽에 들어왔을 것이고 번호표를 뗀다는 것을 깜박 잊었을 것이다.

자동차 안을 꼼꼼하게 살핀 남편은 승완이 잠에서 깨어나기를 초조하게 기다렸다. 그러나 승완이 막상 잠에서 깨어나자 그는 아무 말도 하지 않았다. 다만 승완을 바라보는 눈빛이 젖어 있었고 목울대가 오르락내리락 아픈 딸꾹질을 반복하고 있었다.

— 아버지, 용서하십시오. 죽을죄를 지었습니다.

그렇게 무릎을 꿇고 빌 줄 알았던 승완의 입에서 빠져나온 말은 실로 엉뚱했다.

— 이 길만이 숨길이었습니다.

마치 총에 맞은 사슴이 눈에 눈물을 가득 담고 마지막으로 토해 내는 절규 같았다. 저도 사람입니다. 사람이고 싶습니다. 솔직한 감정을 지닌……. 그렇게 숨을 토해내고 싶었을까.

승완의 속내를 남편도 읽어 냈는지 가까스로 끊었던 담배를 두 개비째 연거푸 피웠고, 아무 말도 하지 않았다. 입술을 꾹꾹 깨물며 이렇게 대꾸했을 뿐이다.

하얀 정사

— 어쩌겠니. 무릇 인간이란 제 하고 싶은 대로 살아야 존재가치가 있는 걸. 고시에 1차 패스까지 한 네가 굳이 그쪽을 선택했다면 그럴 만한 이유가 있을 것인즉, 그 이유나 들려주지 않겠느냐?

승완이 통화 중인 상대에게 낮게 대꾸했다.
— 사실은 아버지 기일이야, 3주기. 그래서 왔어.
승완의 말에 상대의 말투가 누그러지는 기색이었다.
— 걱정 마, 경기는 놓치지 않을게.
승완이 나직하게 말하며 상대를 달랬다. 출전을 앞둔 승완은 초긴장 상태일 것이다. 하루에 30분씩 세 번은 연습 주행을 해야 하고, 메케닉 팀과 호흡을 맞추며 이견(異見) 조율을 해야 하고, 차체의 안전에 대해 완벽한 준비를 해야 할 것이다.
나는 경기 날짜가 사흘 후라는 것을 까맣게 잊고 있었다.

백만 불 미소

　사륵사륵, 눈 밟는 소리가 점점 다가왔다. 나는 그 소리
에 긴장했다. 발걸음 소리가 내 왼발 옆에 딱, 멈췄다. 거
기, 낯익은 카키색 등산화가 있었다. 잘 있지? 카키색 등산
화가 물었다. 뭉클, 가슴이 저렸다. 그럼요, 당신도 잘 있
지요?

　물끄러미 등산화를 바라보던 나는 그 등산화 주인의 다
리를, 허리를, 그리고 그의 얼굴과 머리를 보았다. 자줏빛
방수 등산복을 입은 남편이 스틱을 손에 들고 서 있었다.
나는 그를 향해 손을 뻗었다. 희끗한 머리카락이 귀밑에
눈처럼 소복하게 쌓여 있었다. 그는 웃었다. 백만 불 미소
로. 나는 그에게 가까이 다가갔다. 카키색 등산화 주인이
나에게 물었다.

　— 안 올라가십니까?

　나는 눈을 껌벅거리며 눈을 감았다.

　남편의 유품을 정리하던 날, 나는 신발장에서 꺼낸 남편

　　　　　　　　　　　　　　　　　하얀 정사

의 신발을 죽 늘어놓았다. 신발들은 선하고 부드러운 그의 성품처럼 둥그스름하고 뭉툭했다. 신발장 앞에 쭈그리고 앉자, 신발들이 내게 말을 걸어왔다. 내 주인은 바람의 무게야. 아주 무거운 것 같으면서도 아주 가벼운. 무겁다 생각하면 70kg보다 더 무겁고, 가볍다 생각하면 0.1kg의 무게도 느껴지지 않아.

그 소리는 공기 중에 떠도는 미세한 먼지 같기도 했고 바람 소리 같기도 했다. 어느 땐 전혀 무게가 느껴지지 않아. 그 무게는 마음이기 때문이지.

나는 내 신발을 꺼내 그의 신발 옆에 죽 늘어놓았다. 내 신발은 코끝이 거의 뾰족하거나 굽이 높거나 날카롭거나 예리했다. 풍만하고 부드러운 이미지의 그의 신발은 독성을 품은 내 신발을 가만히 품어 안는 듯했다. 어느 틈에 내 신발은 그의 신발 안으로 물처럼 스며들어 형체도 없이 사라졌다.

등산화를 물끄러미 보면서 승완이 물었다.

신어 봐도 되겠습니까?

승완은 이미 등산화에 발을 집어넣은 후였다. 나는 아! 하고 짧은 탄성을 질렀다. 그가 신은 등산화를 따라 무릎, 배꼽, 가슴을 거쳐 그의 얼굴을 바라보았다. 거기 남편이

서 있었다. 그가 무릎을 구부리고 앉아 신발을 쓰다듬듯이 사사사, 훑으며 만졌고 등산화에 오래도록 손이 머물렀다. 코끝과 눈언저리가 붉어진 승완은 침을 꿀꺽, 삼켰다. 그의 넓은 등판은 큰 산처럼 여겨졌다. 나는 등 뒤에서 천천히 그를 품어 안고 속삭였다. 여보, 당신, 늘 이렇게 여기 있군요.

― 제가 가져도 되겠습니까?

나는 깜짝 놀라 승완에게서 한발 물러섰다. 카키색 등산화에서 눈을 떼지 못한 채였다. 등산화는 낡았지만, 밑창을 갈아서 새것 같았다. 새로 산 등산화보다도 착용감이 좋다고 남편이 아끼던 것이었다. 나는 잠시 머뭇거렸다. 그렇다고 내가 신을 것도, 고이 모셔둘 것도 아니었다. 유품을 전해주듯이 등산용품을 챙겨 승완에게 건네주었다. 등산화는 원래부터 승완이 주인이었던 것처럼 발에 꼭 맞아 편안해 보였다. 등산복도 모자도 배낭도 마찬가지였다.

승완의 손으로 건너간 등산용품은 생명을 얻은 듯이 생기로웠다. 승완은 남편과 구별하기 참 어려웠다. 두 개의 상(像)이 하나인 듯 겹쳐 보였다. 특히 백만 불 미소가 똑 닮았다. 승완을 볼 때마다 나는 깜짝깜짝 놀라곤 했다. 그의 머리칼을 만지고 싶어서. 그와 심장을 맞대고 싶어서.

하얀 정사

그의 백만 불 미소를 보는 것은 설렘이자 고통이었다. 남편의 미소가 상처를 지우는 지우개라면 승완의 미소는 바늘로 새긴 문신이었다.

나는 때때로 열망했고 그때마다 스스로를 무섭도록 억압해야 했다. 열망과 억압, 그 팽팽한 현악기 줄 같은 긴장 때문에 실핏줄이 툭, 끊길 것 같았다. 그때마다 내 안에서 휘몰아치는 회오리 소리를 들었다. 누군가 다급하게 소리쳤다. 약을 털어 넣어, 곧 괜찮아질 거야.

나는 주머니 속의 알약을 움켜쥐었다. 다른 누군가 제지했다. 안 돼, 그러지 마! 바르르, 손이 떨렸다. 눈을 감았다. 숨을 들이마셨다. 호흡을 가다듬고 숨을 천천히 들이마시고 다시 깊이 내쉬었다. 그리고 요가원에서 하듯이 나직이 읊조렸다.

후우우……. 다섯, 넷, 셋, 둘……. 호흡이 흔들리지 않게 고르게 더 깊이 천천히……. 아주 잘하고 있어요. 흠……. 들이마시는 숨 3, 흡……. 내쉬는 숨 7……. 좋아요. 7:3이면 아주 좋습니다.

비로소 호흡이 고르게 이어졌다. 잠이 스르르 안개비처럼 적군처럼 몰려들었다.

승완이 걱정스러운 눈빛으로 물었다.

— 어디 편찮으십니까?

승완이 나를 대하는 어법은 언제나 높낮이뿐 아니라 어투도 한결같았다. '습니까?' '습니다.'라는 종결어미로 끝냈다. 그 종결어미의 어법은 그와 나의 거리를 가깝지도 멀지도 않게 팽팽하게 유지시켰다. 그의 성격 탓이겠지, 하면서도 서늘해지는 것을 어쩌지 못했다. 그렇다고 나무라거나 따질 수도 없는 일이었다.

남편은 한 번도 내게 예의나 도리에 어긋난 행동을 한 적이 없었고 늘 거기만큼의 '거리'에서 반듯했고 깍듯했다. 자로 잰 듯이 흐트러짐도 빈틈도 없었다. 그것이 늘 숨 막히게 했다. 하지만 사랑을 나눌 때만큼은 그는 온전히 바람, 공기, 햇빛, 시냇물, 폭포…… 자연 그 자체였다. 그래서 온기를 나누는 그 시간이 참 좋았다.

나는 승완의 얼굴을 뚫어지라 바라보았다. 승완이 어색한지 눈길을 산 위쪽으로 돌렸다. 백만 불 미소가 얼굴에 어렸다가 이내 사라졌다.

— 당신 미소는 상처를 지우는 지우개 같아.

그렇게 말하면 남편이 내 얼굴 위로 휘파람을 획, 부는 시늉을 하곤 했다. 그리곤 예의 그 백만 불 미소로 씨익,

웃었다. 어색하고 쑥스러울 때마다 짓는 특유의 표정이었다. 그의 미소를 보면서 나는 상처를 씻고 점차 검은 안경을 잊어갔다. 하지만 남편의 미소를 더 이상 볼 수 없게 된 날부터 나는 검은 안경을 다시 쓰기 시작했다. 햇빛이 없는 날에도 비가 오는 날에도 안개가 자욱하게 내려앉은 날에도 안경을 벗을 수가 없었다. 안경이 없으면 옷을 입지 않은 것 같았다. 낯선 사람들에게 알몸을 보이는 것처럼 부끄럽고 수치스러웠다. 요가 시간에도 안경을 썼다. 검은 안경을 쓰고 있으면 물구나무를 서거나 뒤로 복부를 둥글게 젖혀 발끝과 정수리를 땅에 닿게 할 때는 세상이 거꾸로 보였다. 요가 음악도 거꾸로 돌아갔고 시간도 거꾸로 흘러갔다. 시간이 거꾸로 흐르는 사이, 그가 나에게로 되돌아오고 있었다. 물구나무서기를 한 채 나는 남편을 바라보았다. 남편이 씩, 웃었다. 그의 백만 불 미소가 내 검은 안경 안에 오롯이 담겨 있었다. 나는 타이머를 멈추었다.

요가 수련생이 힐난조로 불만을 토로했다.

— 언제까지 이렇게 거꾸로 있을 거죠?

나는 숨을 멈추고 싶었다. 남편이 머문 그 시간에.

— 조금만……. 조금만 숨을 참으세요. 다섯, 넷, 셋……. 남편은 여전히 백만 불 미소를 짓고 있었다. 수강

생이 몸을 바로하며 비꼬았다.

— 근데요, 물구나무를 서는 것까진 봐주는데요. 왜 수련
시간에도 선글라스를 쓰죠? 우리 모두 써야 하나요?

다른 수련생이 비아냥댔다.

— 것도 모르니? 패션의 선두주자, 두고 봐. 곧 유행할
테니.

— 역시 사차원이야, 사차원.

그들은 요가원을 빠져나가며 수군거렸다.

그들은 알까. 검은 안경을 쓰고 있으면 골방에 들어앉은
것처럼 안온해진다는 것을. 시간이 거꾸로 흘러 그에게로
가 닿는다는 것을.

하얀 정사

전처 前妻

영실 휴게소는 문이 굳게 닫혀 있었다. 검은 글씨로 'closed' 라고 쓴 팻말이 문에 매달린 채 눈보라에 제멋대로 펄럭였다. '입산금지'라는 글귀 아래 친절한 안내문도 붙어 있었다.

'오늘은 폭설로 입산을 금합니다. 산토끼, 다람쥐, 노루도 위험해서 오늘은 입산하지 않는답니다!'

애교스러운 문구였지만 위트 있는 신랄한 위험 경고였다.

— 그냥 내려가는 게 어떻겠니?

어떻겠니? 의문문으로 묻는 시누이의 말투에는 명령조가 배어 있었다. 시누이가 우려하는 것은 단지 산행의 위험 때문만은 아닐 것이다. 중학교 교장인 시누이는 주말마다 북한산은 물론, 전국 명산을 계절마다 찾아다닐 만큼 산악 마니아였다. 그런 그녀가 그냥 내려가자는 의도는 아마 나에 대한 불안 때문일 것이다.

하얀 정사

시누이가 나를 빤히 쳐다보았고 나는 고개를 가로저었다. 서울에서 여기까지 그것도 제(祭)를 지내러 와서 도로 내려가다니 말도 안 된다고 우길 참이었다. 1주기 때도 2주기 때도 시누이와 승완은 이곳을 다녀갔지만 나는 처음이었다. 아마 지효 씨도 처음이 아닐까. 2주기 때까지도 나는 정신병원에 있었다. 현실과 환상의 세계를 넘나들며 줄곧 남편과 함께 있었으나 때때로 현실을 깨닫고 절망하곤 했다.

의식이 깨어 있다는 건 괴로운 일이었다. 병원은 음습하고 지루했다. 내 의지와는 상관없이 병원생활은 지속되었다. 죽음충동 때문이었다. 실제로 여러 번 자살을 시도해서 시누이와 승완을 자주 놀라게 했지만 기억하고 싶지 않았다. 사실 기억할 수도 없었다. 내 손목에, 혹은 목덜미에 주저흔이 있었지만 언제 어느 때 생긴 것인지 기억나지도 않았다. 그도 그럴 것이 그때는 환각 상태였다. 꿈을 꾼 것처럼 아련하기도 하고 방금 전 겪었던 일처럼 또렷하기도 하고 누군가에게 들었던 이야기처럼 혼몽했고, 어쩌면 앞으로 일어날 일들을 앞서 느끼고 있는 것처럼 흐릿하기도 했다.

나는 매일매일 남편을 기다렸다. 그가 현관문을 밀고 들

        하얀 정사

어설 것만 같아 잠시도 집을 비울 수가 없었다. 시장도 사우나도 산책도 요가도 계속할 수가 없었다. 내가 없는 동안 그가 왔다가 돌아갈까 봐, 또 사라질까 봐, 잠시도 현관문 앞을 떠나지 못했다.

그의 옷을 세탁하고 다림질을 하고 양말과 손수건을 손질했다. 집안으로 햇빛을 들여놓고 꽃과 그의 신발을 손질했고 그가 좋아하는 우렁이 파스타를 만들었다. 비가 오면 그가 들고 나갈 우산을 준비했다. 장례식 같은 건 잠깐 꾼 낮꿈이었고 나쁜 꿈은 빨리 잊을수록 좋았다. 어느 날 그는 거짓말처럼 내 곁에 있었다. 평소처럼 그는 시(詩)를 읽고 음식에 관한 책을 쓰고 음식을 만들기 위해 자연에서 채취한 것들을 연구했다. 그를 도우면서 나는 여전히 평온했다. 그는 푸른 나뭇잎 위에 갓 잡아 올린 싱싱한 물고기 두 마리 모양의 음식을 만들었다. 초밥으로 물고기 형태를 만들고 녹두씨를 눈으로 붙인 물고기는 지느러미를 흔들며 물로 되돌아갈 것처럼 기운찼다. 나는 시누이에게 전화로 속삭였다.

— 그이가요, 물고기 음식을 만들었어요. 와서 한 번 보세요. 낙엽 위에 누워 있는 물고기를 보여 드릴게요. 어항에 넣으면 곧 지느러미를 휘저을 거예요.

하얀 정사

놀라서 달려온 시누이가 싹둑, 무 자르듯이 말했다.

— 애, 도애야. 정신 차려, 우리 그 앤 죽었어. 죽었다고!

시누이는 스타카토로 딱딱, 끊어 말하는 버릇이 있었다. 그 언어습관 때문에 차갑고 냉정하게 느껴졌다. 하지만 그녀의 마음속에도 의자 하나쯤 놓여있다는 것을 나는 알고 있었다. 그 의자는 단아하면서도 독특했다. 언젠가는 꼭 한번 앉아보고 싶게 하는……. 그 이끌림은 그녀의 냉정함을 상쇄시킬 만큼 매혹적이었다.

나는 자주 헛것이 보였다. 현실이 이상인 것도 같고 이상이 현실인 것도 같고 그 경계가 모호했다. 나는 점점 피폐해졌고 약에 의존하는 빈도가 잦았다. 약으로도 어찌할 수 없는 상황이 왔다고 시누이가 판단한 것은 내가 손목을 긋거나 철삿줄에 목을 매달거나 가스를 들이마신 일로 입 퇴원을 반복하고 나서였다. 목과 손목에 주저흔이 늘어갈 때마다 시누이의 그 의자에 한 번쯤 앉고 싶다는 유혹에 시달렸다. 나는 늘 사람에 대한 온기가 그리웠다.

나를 다시 입원시키면서 시누이가 중얼거렸다.

— 세상에 어떻게 이런 일이 있을 수 있다니? 서른아홉이 되도록 부모 형제는커녕, 이웃도 친구도 없다는 게 말이 되니? 도애 성격이 나쁜 것도 아니고 명색이 요가 선생

하얀 정사

이 말이야.

시누이는 내가 가까이 지내는 사람이 한 명도 없다는 게 도무지 믿기지 않는 모양이었다. 시누이 말마따나 내가 세상에 아는 사람이라곤 시누이와 승완이 전부였다.

시누이의 단호한 눈빛이 나를 향했다.

— 어쩐지 불길하다, 아까 자동차 사고도 그렇고. 서둘러 내려가야겠다!

나는 완강하게 고개를 저었다.

한라산, 이곳은 남편이 숨을 거둔 곳이다. 다녀올게, 평소처럼 말하고 집을 나선 그가 보름이 되도록 돌아오지 않았다. 바람처럼 나갔다가 또 바람처럼 돌아오는 그였기에, 연락이 없어도 그다지 염려하지 않았다. 늘 자유로운 그였기에 그냥 그러려니 했다. 그런 남편을 빗대 남편의 친구가 이렇게 말한 적이 있다. '그는 곧 자연이다. 벗겨도 벗겨지지 않는 신비, 뒷맛이 주는 여운, 예술의 경지 같은…….'

하지만 내가 아는 그는 세상 곳곳에 널려있는 자연 속에서 얻어낸 것들을 음식 재료로 삼기 위해 연구하는 진지한 요리연구가였다. 아토피에 좋은 음식은 무엇이며 항암치료에 필요한 음식은 어떻게 만들어야 효과적이며…… 몸에 해로운 것과 이로운 것, 미네랄, 곰팡이, 이스트 등……. 그는 열매의 즙과 씨앗으로 내 상처를 치료해 주었고, 바닷가에서 따온 해초를 내 입에 넣어주었다. 천연 미네랄이야, 바다처럼 마음이 청정해질 거야.

— 정말 괜찮겠어요?

지효 씨가 물었다. 불면증, 소화불량, 두통에 시달리는 나를 염려하는 지효 씨의 눈빛은 봄빛을 담고 있었다. 보이시한 외모는 특징이랄 것도 특별할 것도 없지만 그녀에게는 어떤 특별한 에너지가 있었다. 내 속의 어떤 비밀도 다 말하고 싶은 충동을 갖게 하는, 말하지 않으면 안 될 것 같은, 그 주술 같은 마력에 나는 마침내 마음을 열게 되었다. 그녀는 마치 내 마음의 소리에 귀를 기울이는 치유의 정원사 같았다. 정원사는 꺾인 가지 때문에 수액이 멎은 상태를 감지해냈고, 꽃을 피우기 위해 고통쯤은 참아 내야 한다고 봄빛을 머금은 미소로 속삭였다. 나는 그런 지효 씨가 좋았다. 나에게 온기를 나눠주는 단 한 사람이었으므로.

남편의 1주기가 지난 어느 날, 시누이 옆에 낯선 여자가 있었다. 귀가 훤히 드러나는 짧은 커트 머리, 흰 운동화,

흰 면바지와 연둣빛 반소매 티를 입은 그녀는 내게 눈인사를 한번 건넸을 뿐, 찻집 창 너머 나지막한 산을 바라보고 있었다. 언제까지나 입을 열 것 같지 않은 그 입술은 앵두씨알 들어갈 만큼 작고 붉었다. 나는 그녀가 어딘가 낯이 익었지만, 요가 회원 중의 한 사람이거나 혹은……. 스쳐 지나간 사람들 중 하나일지도 모른다고 생각했다.

처음 시누이가 지효 씨를 소개하면서 이렇게 말했다.

— 지효는 기대 이상의 아이야. 매우 특별해.

차갑고 냉정한 미소를 띠며 특별함을 강조하는 시누이가 그렇게 신기할 수가 없었다. 그러니까 시누이는 '특별한 심리 치료사'를 내게 소개한 셈이다.

지효 씨가 내게 악수를 청했고, 그녀에게 손이 닿자 나는 알 수 없는 감정에 사로잡혔다. 그녀를 만나면 더 외로워질 것 같은 예감.

그녀의 덧니가 하얗게 빨아 넌 빨래처럼 소탈하다고 느꼈을 때, 나는 떨고 있음을 알았다. 익숙한 냄새, 익숙한 향기, 익숙한 분위기와 이미지, 일상에서 늘 접했던 것 같은 기억이 훅, 몸 안으로 점령해 들어왔다. 어쩐지 그녀와 가까워질 것 같은 두려움이 일었다. 나는 특별히 통화하는 사람도 속내를 털어놓는 사람도 없었다. 누군가 접근해오면 자동으로 철컥, 문이 닫혔다. 그런 내가 속수무책으로 그녀에게 이끌린다는 것이 당혹스러웠다. 나는 그녀에게 왜? 라고 물었던 것 같다. 뭐라구요? 그렇게 소리쳤던 것도 같다. 당신 대체 누구야? 날카롭게 소리쳤던 것도 같다.

지효 씨에게 상담을 받은 지 1년쯤 되었을 때, 시누이가 거두절미하고 말했다.

— 승완 에미다.

헉! 나는 눈을 감았다 떴다. 그리고 한참 후 호흡이 열렸다. 아! 그래서 익숙했구나. 남편에게서 맡았던 냄새, 분위기, 이미지……. 지효 씨가 조문객으로 왔을 때와는 많이 달라서 쉽게 알아보지 못했던 것이다. 하긴 그땐 그녀도 나도 반쯤 혼이 나간 상태여서 서로 눈여겨볼 여유도 없었을 것이다.

시누이의 논리는 꽤 그럴 듯했다. 지효 씨가 남편의 전처(前妻)이긴 해도 그렇다고 다시 엮이는 것도 아니다. '우리 그 애'가 세상에 없으니 다시 결합할 수도 없다. 그러니 전혀 모르는 남보다 지효 씨에게 나를 맡기는 것이 안심이 된다는 논리였다. 그런데 시누이는 왜 굳이 지효 씨의 신원을 밝히는 것일까.

하얀 정사

지효 씨가 남편의 조문객으로 왔을 때, 남편의 영정 앞에 오래도록 엎드려 있었다.

그녀의 입에서 뭐라고 읊조리듯, 어떤 단절음이 흘러나왔다. 두 무릎을 꿇은 채 두 팔을 앞으로 쭉 내밀고 영정 앞에 낮게 엎드린채였다. 문상객이 줄을 이으며 기다리고 있었지만, 승완은 그녀를 거기, 그렇게, 오래도록, 엎드려 있도록 배려했다.

— 너무 오래 있으면 지친다, 그만 일어나거라.

시누이의 부축에 자리에서 일어섰을 때, 지효 씨는 지하 어딘가를 다녀온 듯이 퀭했고 며칠 동안 울고 난 사람처럼 얼굴이 퉁퉁 부어 있었다. 분명 어깨의 흔들림도 흐느낌도 없었는데, 조용하고 고적하게 엎드려 있었을 뿐인데, 새하얗게 굳은 얼굴은 몇 억겁을 건너온 사람처럼 살아 있는 사람의 표정이 아니었다. 나는 지금도 남편의 영정 앞에서 했던 지효 씨의 그 읊조림이 무슨 의미였는지 가끔 궁금했다. 조문이 끝나고 승완의 부축을 받은 지효 씨가 가만히 다가와 내 손을 잡았다.

— 정말, 정말 잘 살기를 바랐는데…….

낮게 속삭이는 그녀의 눈빛이 움푹 꺼져 있었다. 문상객들은 남편이 지효 씨와 이혼한 줄도, 내가 동거인인지도 모르는 눈치였다. 남편은 왜 나와 혼인신고를 하지 않았을까. 나는 그에게 어떤 존재였을까. 그날 처음으로 그런 생각을 했다. 하지만 그런 것은 중요하지 않았다. 그가 나를 어찌 생각하든 그는 나의 모든 것이었다. 처음으로 마음을 준 첫사랑이며 마지막 사랑, 그것으로 족했다. 그 외에 무엇을 더 바랄 것인가.

— 괜찮아요?

스키를 타듯 눈길을 미끄러져 내려온 지효 씨가 나에게 물었다. 발치께에서 치올린 하얀 눈이 은빛 가루가 되어 흩뿌려졌다. 아아, 나는 또 눈이 부셨다. 백색 가루…… 눈을 뜰 수가 없었다.

그 백색의 유혹은 끈적하고 달콤했다. 그 가루를 마시면 때로는 몸이 공벌레처럼 동그랗게 말려 애드벌룬처럼 둥둥, 떠다녔다. 몸이 깃털처럼 부드럽고 가벼워졌다. 건물 아래를 내려다보면 풀밭이 끝 간 데 없이 펼쳐져 있다는 착시현상이 일었다. 부드러운 풀밭 위에 새처럼 사뿐 내려앉았다.

때로는 변기 안에 머리를 처넣고 허우적거릴 때도 있었다. 변기 물내리개를 눌러버리면, 내 몸이 변기 안으로 쑥

하얀 정사

말려 들어 갔다. 소용돌이 속으로 빨려 들어가 사라졌던 내 몸은 변기 안에서 부레처럼 둥둥 떠올랐다. 내가 정신을 차렸을 때는 으레 변기를 끌어안고 구토를 하고 있곤 했다.

— 괜찮아요?

지효 씨가 또 물었다.

나는 괜찮지 않았다. 느닷없이 찾아오는 열감, 혹, 달아올랐다가 제풀에 사그라지는 열기에 시달리는 내게 지효 씨가 대수롭지 않게 말했다.

— 별거 아니에요. 갱년기에 꼭 한번 넘어야 하는 고갯마루 같은……. 그 터널을 지나는 과정이에요. 신체의 변화를 자연스럽게 받아들여야 해요. 생을 우울하게 여기면 매사가 허무하고 죽음 충동에서 벗어나지 못해요.

지효 씨의 긍정적 위로와는 달리 분석학자는 냉정하게 나를 분석했다.

— 의식이 과잉 분열되면 세포가 분열되고, 세포가 분열되면 환상이나 환영이 암 덩어리처럼 커져서 마침내 패닉 상태가 옵니다. 자기 정체성, 사회성, 공동성이 점점 약화되고 자신의 존재 자체가 소멸됩니다. 그런 무의미한 상태

에 찾아드는 것이 죽음 충동이죠.

그의 말마따나 나는 실제로 매사에 의욕이 없고 불안했다. 기계치인 나는 컴맹으로 사회의 적응도가 낮다는 심리 판정을 받았다. 더구나 극심한 길치이기도 했다. 요란스런 영상시대에 스마트폰, 컴퓨터, 영어 붐까지 나를 더욱 위축시켰다. 사람을 대하는 것이 피곤해지자 요가에도 흥미를 잃어갔다. 무력감으로 초조해진 나는 점점 더 백색 가루에 의존했다.

지효 씨가 나를 위로했다.

— 강박관념과 피해의식이 만들어낸 자기 불만족은 브레이크 없는 벤츠처럼 제동이 안 되고, 패닉상태까지 가긴 해요. 하지만 조금만 더 견뎌봐요. 분명 넘어설 수 있어요.

지효 씨에게는 안정을 갖게 하는 어떤 힘이 있었다. 그래서 시누이는 지효 씨를 상담 치료사로 주선했을 것이다. 내가 그녀에게 지나치게 의존하자 지효 씨는 냉정하게 밀어냈다.

— 누구에게도 기대지 말아요. 스스로 치유하지 못하면 또다시 딜레마에 빠지게 돼요. 극복하기 위해선 반드시 누군가의 도움이 필요하지만, 너무 힘을 실으면 자아가 무너져 버리죠. 나를 버티게 할 사람은 결국 나밖에 없어요.

나는 지효 씨를 맹렬하게 쏘아보았다. 지푸라기라도 잡고 싶은 간절함 따위나 의지처에 대한 애착도 아니었다. 그런 생에 대한 욕구와는 다른, 지효 씨에 대한 내 감정을 도저히 설명할 수가 없었다.

행복소멸증후군

눈은 계속해서 쏟아져 내렸다. 내 눈길이 머무는 모든 곳에 눈이 내려 쌓여 있었다. 나뭇가지에도, 휴게소 지붕에도, 눈이 쌓여 지붕이 폭삭 내려앉을 듯이 위태로워 보였다.

쏟아지는 눈을 피해 영실 휴게소 처마 밑으로 들어갔다. 그곳에도 눈보라가 들이치기는 마찬가지였다. 이미 손끝은 얼어서 감각이 없었다.

지효 씨가 장갑을 벗고 커피를 꺼냈다. 시누이가 컵에 따랐고 지효 씨가 천천히 휘저었다. 그들의 손짓은 묘한 화음이 어우러진 악기처럼 자연스러웠다. 어젯밤 두 사람은 오래도록 무슨 이야기인가를 소곤댔다. 낮게 낮게 웃었지만, 이상하게 웃음소리는 들리지 않고 요가 음악만이 내 귀를 사로잡고 있었다. 그러니까 그들은 입으로는 웃고 있었지만 몸은 말하고 있었고 인도 옷을 입고 있었다. 인도의 좁다란 어느 골목에서 빠져나온 둘은 자유롭게 춤을 추

하얀 정사

고 있었다. 사람들에게 둘러싸인 그들을 따라 인도 사람들
이 빙글빙글 돌았다. 나는 그곳에 가려고 기를 썼지만, 몸
이 움직이지 않았다. 보이지 않는 줄에 묶인 듯 내 몸은 옴
짝도 하지 못했다. 다만 나는 그들의 모습을 하염없이 바
라볼 뿐이었다.

승완이 내게 뜨거운 커피를 내밀었다.

— 조심하십시오. 뜨거우니까.

승완의 향기가 훅, 스쳤다. 아니, 남편의 체취였다. 흡,
숨을 들이마셨다. 식기 전에 마셔. 몸이 좀 따뜻해질 거야.
남편이 말했다. 여보……. 당신도 한 잔 마셔요. 나는 등산
용 커피 잔을 내밀었다. 승완이 멈칫, 나를 보았다.

시누이가 스텐 잔을 부딪치는 목소리로 물었다.

— 꼭 올라가야겠니?

시누이의 말에 화답하듯 저벅저벅 눈 밟는 발걸음 소리
가 아래쪽에서 들려왔다. 대여섯 명의 산꾼 남자들이 우리
곁을 슥, 스쳐 산으로 올라갔다. 그들은 매우 엄숙해 보였
고 눈빛은 이상한 희열로 번뜩였다. 만약 꽉 다문 입술에
서 입김이 새어 나오지 않았다면 유령이 아닐까, 싶을 정
도로 그들의 모습은 매우 비현실적이었다. 그들의 등산 장

비는 완벽했다. 방수 등산복과 발목 착용대, 방수 등산화, 스틱, 입과 눈만 내놓은 털모자, 두꺼운 장갑까지.

나는 그들의 뒷모습을 쫓아 위쪽으로 눈길을 주며 눈으로 말했다.

— 꼭 가야 해요.

시누이가 혀를 차며 배낭에서 아이젠을 꺼냈다. 승완이도 아이젠을 꺼냈다. 아이젠은 두 세트뿐이었다. 아이젠을 준비하지 못한 나는 좀 난감했다.

지효 씨는 내게서 조용히 시선을 비끼더니 아이젠을 한 짝씩 나눠 신자고 했다. 지효 씨와 시누이가 아이젠을 한 짝씩 발에 꿰었다. 그 모습을 바라보던 내게 승완이 불쑥 말했다.

— 어머니, 이리 앉아 보십시오.

'어머니'라는 말에 나는 퍼뜩 지효 씨를 바라보았다. 그녀와 눈이 마주쳤다. 승완이 나와 지효 씨를 번갈아 보았다. 지효 씨가 나에게 가만가만 고개를 끄덕였지만, 시누이의 눈빛은 좀 달랐다. 뭐랄까…… 탐색하는 눈빛이랄까.

승완은 내 발밑에 엎드려 아이젠을 신겨 주었다. 그 손길이 매우 진중했다.

등을 구부린 승완은 남편의 등처럼 넓고 편안해 보였다.

하얀 정사

그의 등을 한번 쓸어보고 싶었다. 보듬어 안고 싶은 강열한 욕구……. 그 때문에 나는 손을 웅크려 쥐고 고통스럽게 숨을 참아야 했다. 나는 숨을 깊이 들이마시면서 복식호흡을 했다.

승완은 내 다른 쪽 발에도 아이젠을 신기려고 했다. 지효 씨와 시누이의 눈길이 내 발에 머물고 있음을 온몸으로 느끼고 있었다.

— 안 돼어. 나눠 신어야 할…….

나는 발을 안쪽으로 고집스럽게 숨겼다. 승완은 완강하게 버티는 내 발을 꽉 움켜쥐고 기어이 아이젠을 신겨 주었다. 그의 머리카락에 내 입술이 닿을락 말락 일렁였고 나는 그의 몸 어딘가에 닿고 싶은 열망으로 달떴다.

그가 몸을 일으켰다.

— 걸어 보십시오. 불편하지 않으신지.

아이젠이 불편하면 위험하다는 것쯤은 나도 알고 있었다.

아이젠을 나눠 신은 시누이와 지효 씨는 어정쩡하게 발을 헛디뎠다. 그들은 발을 디딜 때마다 호흡과 리듬이 엇갈려 자꾸 넘어졌다. 그래서 그런지 그들은 서로에게 더필요한 존재들 같았고, 서로를 지탱해주는 버팀목 같았다.

나는 발을 앞으로 내디딜 때마다 아이젠을 땅에 단단히 박았다.

　승완이 안도하는 표정을 지었다. 예의 그 백만 불 미소를 머금고.

　그 미소를 보자 세상이 꽉 차는 느낌이 들었다. 내 가슴은 희망과 설렘으로 차올랐다.

　눈은 계속해서 쏟아져 내렸다. 나뭇가지에 얹힌 눈마저 꽁꽁 얼어버린 산은 마치 눈의 나라 같았다. 청설모는 여전히 나뭇가지 사이를 쏜살같이 휘돌며 장난질을 쳐댔다. 까치가 날아오르고 산토끼 두 마리가 주둥이를 오물거리며 호로록 호륵, 계곡물을 마셨다. 무게를 견디지 못한 눈은 나뭇가지에서 투투둑, 쏟아져 백색 눈가루를 흩날렸다.

　산 아래쪽에서 고요를 헤치고 맑은 목소리가 들려왔다.

　— 엄마, 넘 아름답지? 짱 멋져! 그치? 그치?

　노랑 털모자가 물살에 일렁이는 낚시찌처럼 찰방찰방 점차 가까워지고 있었다. 중학생쯤 되어 보이는 여자아이가 눈이 쌓인 산과 계곡에서 물을 마시는 청설모를 보며 좋아라, 손뼉을 쳤다. 빨강 털모자를 쓴 여자가 맞장구쳤다.

　— 여보, 내 생애에 이런 경치는 첨이야. 이젠 죽어도 여한이 없어요!

하얀 정사

파랑 모자를 쓴 남자가 아내를 찬연히 바라보았다.

— 무슨 소리야, 더 아름다운 것을 봐야지. 더 건강해져서.

여자아이가 재잘거렸다.

— 이건 눈이 아니야! 신기루야, 신기루!

그들 가족은 펑펑 쏟아지는 눈을 맞으며 경쾌하게 산으로 올라갔다. 나는 그들의 뒷모습을 보며 '가족'이라는 의미를 새삼 되새겨 보았다. 엄마, 아빠. 아이, 그리고 셋. 셋은 △. 즉, 완벽한 가족. 사랑을 뜻하는 것이 아닐까. 나와 남편과 승완처럼? 나는 핏, 웃으며 산을 올려다보았다. 그들의 뒷모습은 눈 속으로 점점 녹아 들어갔고 발자국은 쏟아지는 눈 때문에 금세금세 지워졌다.

주위는 온통 눈(雪), 설원(雪原)이었다. 푸릇푸릇한 솔잎이 수줍은 여인의 속곳처럼 설핏설핏 비칠 뿐, 눈 천지였다.

산 쪽으로 뛰던 노루가 눈을 반짝이며 뒤돌아보았다. 영악한 청설모가 눈을 헤집고 땅속에 먹이를 감추곤 재빨리 나뭇가지를 오르내리며 공회전했다. 나는 청설모를 눈으로 쫓았다. 청설모는 저들끼리 숨바꼭질을 하느라 여기저기 나뭇가지를 쏜살같이 오르내렸다. 나도 남편과 숨바꼭질을 하고 있는 것은 아닐까, 그런 생각이 들자 가슴이 먹먹하게 조여 왔다. 앞서간 여자 말마따나 지금 여기서 죽는다 해도 여한은 없었다. 남편을 만날 수만 있다면.

산 아래쪽에서 도란거리는 소리가 들렸다.

— 자연의 신비란 참 미묘해. 그렇지 않아?

시누이의 물음에 지효 씨가 맞장구쳤다.

— 정말! 숨이 막히도록 아름답네요!

지효 씨와 시누이는 아이젠을 한 짝씩 나눠 신고 걸으면서도 이젠 보폭을 곧잘 맞추었다. 호흡이 잘 맞는 연인처럼.

— 행복소멸증후군이라고 아시죠?

— 글쎄, 그런 게 있었어?

— 안헤도니아(Anhedonia)라고.

— 아, 안헤도니아! 아름다운 경치를 보면 숨이 턱 막혀 머리가 아프고 숨이 쉬어지지 않는다는!

— 네, 일종의 병이죠. 혹시 이게 꿈이 아닐까, 꿈에서 깨어나면 어쩌지? 하는 불안이 극도의 공포로 바뀌는 순간, 죽음충동을 느낀다네요. 눈부시게 아름다운 풍경이 사라질까 봐, 또는 사랑하는 사람을 잃을까 봐 두려워서 말이죠.

하얀 정사

불현듯 희열로 가득 찬 남편의 눈빛이 떠올랐다.

— 마지막이란 참 처연하고도 숭고하지.

나는 새삼스럽게 남편의 눈이 머물렀을 바위, 산, 운무, 계곡물, 얼어붙은 폭포를 바라보았다. 그의 마음을 사로잡았을 눈꽃, 청설모, 노루, 다람쥐 등을 눈으로 보고 귀로 듣고 마음에 새겼다. 바위틈으로 낮게 물소리가 흘렀다. 돌 틈 끝에 매달린 고드름은 흐르는 물길에 닿으려고 닿으려고 안간힘을 다하는 것처럼 여겨졌다. 마치 서로에게 닿으려고 안타까워하는 연인처럼 그렇게 간절하면서도 애절해 보였다.

경쾌하게 산에 올라갔던 부부와 딸아이가 허겁지겁 산에서 내려왔다. 그들의 표정은 올라갈 때와는 달리 새파랗게 질려 있었다.

— 무슨 일이 있나요? 왜 내려오시죠?

시누이의 물음에 그들은 이구동성으로 소리쳤다.

— 눈발이 너무 거세요. 바람도 회오리치구요.

딸아이가 덧붙였다.

— 눈발이 장난 아니에요. 몸이 풍선처럼 둥실둥실 떠서 막 날아가요.

몸을 부르르, 떠는 그들의 얼굴빛은 하얗게 질려 있었다.

그들의 입에서 스멀스멀 피어오르는 입김은 어쩐지 늪에서 피어오르는 안개 같았다. 산 아래로 황급히 내려가던 여자가 멈칫, 걸음을 멈추더니 뒤돌아섰다. 그녀는 말소리를 낮추며 낮게 말했다.

— 어제도 사람이 죽었다네요. 발을 헛디뎌서. 아직 시신도 못 찾았대요.

시신도 못 찾았대요. 여자의 끝말에서 나는 불쑥 어떤 희망을 보았다. 만약 내가 죽는다면 시신을 찾지 않기를 바랐다. 나를 위해 슬퍼할 아무도 없거니와 누군가에게 수고를 끼칠 일이 정말 싫었다. 승완에게 그런 뒤치다꺼리를 맡긴다는 것은 차마 못 견딜 일이었다.

공포에 질린 그들 가족은 죽음이 그들의 뒷덜미를 잡아채기라도 할 듯이 산 아래쪽으로 서둘러 내려갔다. 그들의 발에는 아이젠이 단단히 매여 있었다.

시누이의 눈빛에는 불길함이 역력했다.

— 우리도 내려가는 게 어떻겠니?

나는 대답 대신 아이젠을 땅속 깊이 내디디며 위를 향해 걸음을 옮겼다. 이것 봐요, 이렇게 씩씩한걸요. 나는 온몸으로 말했다. 남편이 스쳐 간 이곳을 꼭 한번 오고 싶었다. 이런 심리를 지효 씨는 '화이트섬리딩증후군'이라고 말해

하얀 정사

주었다. 그 사람이 스쳐 간 장소, 또는 그 사람이 다시 나타날지도 모른다는 기대로 끈질기게 기다리는 증세.

내 발이 휘청, 휘었다. 옆에 있던 승완이 엉겁결에 내 팔을 잡았고 그 바람에 승완이 발을 헛디뎠다.

어쩐지 시누이는 화가 난 것 같았다.

— 안되겠다, 내려가자!

지효 씨도 완강하게 내 팔을 잡으며 거들었다.

— 아무래도 오늘은 위험해요.

나는 그들을 뿌리치고 서둘러 올라갔다.

시누이의 목소리가 날카로웠다.

— 무슨 고집이 그렇게 세니? 그렇다고 '우리 그 애'가 살아 온다든?

'우리 그 애' 남편과 아홉 살 위인 시누이는 늘 그렇게 말했다. '우리 그 애'라는 그 단어에는 남동생에 대한 애정이 응축되어 있었다. 그런데……. 그러함에도 불구하고 시누이는 왜 지효 씨를……. 그 생각을 하자, 뇌가 뒤엉키는 것 같았다. 머리가 빠개질 듯이 아팠다. 나는 도리질치며 그 생각을 지워버리려고 애썼다.

나는 휙, 돌아보며 결연히 소리쳤다.

— 그이는 죽지 않았어요. 여기, 여기에 있어요. 알아요?

시누이가 놀라 지효 씨를 쳐다보았다. 또 발작이군, 괜찮을까? 그런 눈빛이었다.

나는 속으로 읊조렸다. 괜찮아, 도애야, 다 괜찮아.

내 속에서 누군가가 나를 다독이는 음성이 들렸다. 괜찮아, 당신, 잘할 수 있어. 남편의 목소리가 들려왔다. 나는 거짓말처럼 곧 진정되었다. 언제나 그랬다. 불안하거나 초조하거나 두려울 때 남편의 음성을 들으면 평온을 찾았다. 그의 한마디와 입김, 눈빛, 미소는 나에게 신비한 처방전이었다. 어떤 약도 위로도 그를 능가할 진정제는 없었다.

─ 민승완, 고모 모시고 내려가라.

지효 씨가 갑자기 일행의 지휘자처럼 단호하게 말했다.

나는 멍하니 지효 씨를 바라보았다. 체구가 작은 그녀가 갑자기 당당한 산의 주인처럼 여겨졌다. 지효 씨에게 상담을 받으면서 나는 행복했다. 그녀가 곁에 없으면 덮고 자던 이불이 사라진 것처럼 허전했고, 그 느낌은 아주 고약했다. 지효 씨에 대한 남편의 감정도 이런 느낌이었을까.

나와는 달리 승완은 지효 씨를 대하는 태도가 사뭇 달랐다. 폭발할 것 같은 반항기가 가득한 눈빛으로 지효 씨의 말을 단번에 무질렀다.

— 엄마가 고모 모시고 내려가시죠. 제가 어머니 모시고 다녀올 테니.

지효 씨가 꾸짖듯이 말했다.

— 넌 넬모레가 경기잖니. 컨디션 조절도 해야 하고 무리하면 안 되잖아.

승완은 살짝 입꼬리를 비틀었다. 어쩌면 가족을 두고 집을 나간 지효 씨에 대한 원망 같은 것인지도 몰랐다. 승완의 웃음에 허무가 묻어 있었다.

— 그건 내 일이고요.

승완은 단호했다.

— 여기까지 왔는데 그냥 돌아갈 수는 없어요. 아버지 기일이잖아요.

'기일'이라는 말에 지효 씨의 표정이 잠깐 어두워졌다.

— 아, 그랬지.

지효 씨는 전 남편의 기일에 자신이 나선다는 것이 무안한 눈빛이었다.

시누이가 거들며 똑 부러지게 매듭지었다.

— 하긴, 아들이 안 가면 되겠니?

시누이가 아이젠 한 짝을 벗어 승완에게 주었다. 지효 씨도 말없이 아이젠 한 짝을 벗어 나에게 주었다. 나는 지효 씨와 내 등산화를 번갈아 바라보았다. 푸른색 내 등산화가 눈 속에서 푸르게 떨고 있었다. 남편의 등산화와 커플 등산화인 지효 씨의 것은 어쩐지 따뜻해 보였고, 나는 그녀의 등산화를 한번 신어보고 싶다는 갈망을 느꼈다. 그것은 그녀에게서 남편을 온전히 빼앗는 일과도 흡사했다. 아니, 어쩌면 지효 씨를 온전히 받아들일 수 있는 어떤 의식 같은 것인지도 몰랐다.

지효 씨가 가만히 내 어깨를 안았다. 그리고 낮게 속삭였다.

— 생기를 담아 와요. 그리고 나에게도 나눠줘요.

— 왜요?

나는 날카롭게 그녀를 쏘아보았다.

지효 씨의 톤이 아까와 다르지 않고 높낮이도 똑같았다.

— 정기란 혼자만 가지고 있으면 해롭거든요.

어느 날, 그녀가 내 명치께를 가리키며 물었다.

— 지금 여기가 파열할 것 같죠?

나는 그녀를 바라보며 눈으로 고함쳤다.

— 그래요. 심장이 파열해서 온몸이 산산조각 날 것 같아요.

장례식 그 밤 나는 승완에게 매달리며 뭐라고 소리쳤던

하얀 정사

가.

— 죽을 것 같아. 여기, 여기가 터질 것 같아. 나 좀, 어떻
게 좀 해 줘.

어느 사형수의 아내가 남편이 사형 당한 그 밤, 간수와
사랑을 나누면서 그렇게 절규했던 영화 속 장면이 왜 하필
그 순간에 소용돌이쳤을까, 좋게 해 줘, 제발. 나 좀 어떻
게 해 줘. 그 아내가 쏟아냈던 말들이 내 입에서도 속수무
책으로 흘러나왔다.

지효 씨가 또 물었었다.

— 지금 가장 하고 싶은 일이 뭐죠? 가령, 고요한 음악을
듣고 싶다거나 격렬한 춤을 추고 싶다거나 뭐 그런…….

나는 짧게, 단숨에 답했다.

— 정사(情死)하고 싶어요.

지효 씨가 놀라 내 눈을 들여다보았다.

— 정사(情事)…… 말인가요?

사전적 의미의 정사란 여러 가지 뜻이 있다. 정치, 또는
행정상의 일을 뜻하는 정사(政事). 남녀가 서로 사랑하는
정사(情事). 남녀가 사랑을 이루지 못하고 함께 목숨을 끊
는 정사(情死). 전에 나는 정사(情事)를 원했지만, 지금은 정
사(情死)를 원했다.

하얀 정사

지효 씨가 애써 시크하게 말했다.

— 아, 나쁘지 않아요. 할 수만 있다면!

지효 씨는 아마 정사(情死)를 정사(情事)로 알아들은 모양이었다. 남녀의 성교(性交)는 생체학적으로 필요불가결하다는 것쯤은 나도 알고 있다. 남녀가 서로 껴안고 심장의 박동 소리를 듣고 있으면 폐도 건강해지고 심리적인 안정도 느끼고 활력이 넘친다는 것을. 마흔을 코앞에 둔 여자가 그것도 모를까.

나는 잔인하게 웃으며 발칙하게 말했다.

— 그런데 어쩌죠? 난 남편을 닮은 사람이라야 가능한데.

지효 씨가 약간 당황하더니 이내 얼버무렸다.

— 아, 그렇겠죠! 두 분의 사랑이 절절했으니 당연히…….

나는 지효 씨에게 솔직하고 집요해졌다.

— 당신과 정사(情死)하고 싶어요.

진심이었다. 마지막 가는 길에 그녀가 동행해 준다면 바랄 것이 없다. 남편을 사랑했던 여자. 그 여자라면 나의 심정을 가장 잘 이해해 줄 것 같은 어떤 동질감 때문이었을까.

지효 씨가 자리에서 일어났다.

하얀 정사

— 오늘은 이만 쉽시다. 피곤하군요.

지효 씨는 자리에서 일어나며 두 손바닥을 내게 보였지만 나는 집요했다.

— 승환이랑은 어떨까요?

그러나 차마 그렇게 묻지 못했고 단지 이렇게 말했다.

— 당신이었으면 좋겠어요. 진심이에요.

내 간절한 눈빛에 지효 씨가 일부러 시큰둥한 목소리로 물었다.

— 뭘 말인가요?

— 정사.

— 풋! 맹랑한 것은 여전히 귀엽네.

지효 씨는 엄지와 검지로 내 이마를 톡 튕기는 시늉을 했다. 하지만 그때 지효 씨가 어떤 대답을 했는지 어떤 대화가 이어졌는지 기억할 수가 없다.

남편은 전처 외에는 다른 누구든 마음에 들이지 않는다는 최초의 결혼서약처럼 나와는 함께 사진도 찍지 않았다. 나는 그가 하는 대로 내맡겼다. 물 흐르는 대로 자연스럽게 그가 원하는 대로 따랐다. 특별한 날이 아니면 그는 나와 함께 외출하지 않았고 그의 친구들과도 함께하지 않았다. 그렇다면 약초를 처방해 먹이고 나를 위로해 준 이유는 무엇이었을까. 사랑을 나눌 상대가 필요해서였을까. 지효 씨를 대신할 분출 대상이었을까. 승완은 그것을 알고 있었을까. 그래서 친절을 베푼 걸까.

조문 날, 골방에 틀어박힌 나에게 와서 승완이 물었었다. 엄마가 오셨는데 양해할 수 있겠느냐고. 허락하신다면 고맙겠다고. 순간, 뜨거운 것이 목울대를 타고 올라왔다.

승완의 배려는 남편이 내게 마음을 온전히 내주지 않았던 것을 상쇄시켜 주고도 남는 그 무엇이 있었다. 남편의 서랍에서 유품 상자를 발견했을 때도 마찬가지였다. 나는 침을 삼켰고, 승완은 그 상자를 가만히 닫았다. 나는 내가 알아서는 안 될 비밀문서나 재산에 얽힌 것이려니 생각했다. 그렇다면 알 권리가 없었다. 나는 동거인에 불과했으니까.

나중에 승완은 그 상자를 내게 보여주며 조심스럽게 말했다.

— 많이 망설였는데……. 혹 오해하실까 봐…….

그 유품을 본 나는 망연했다. 내가 어쩐지 행복하고 단란한 가족 틈에 끼어든 이물질 같아서였다. 그 순간에도 남편에 대한 배반감보다는 두려움이 더 컸다. 또다시 가족을 잃을지도 모른다는 불안감. 아마 외로움을 느껴보지 않은

하얀 정사

사람은 이해하지 못할 것이다. 다시 혼자가 될지도 모른다는 그 공포를.

폭설

산은 온통 새하얬다. 눈은 그치지 않고 끊임없이 내렸다. 휘이잉, 휘잉, 강한 바람이 이리저리 방향도 없이 뒤틀리며 휘몰아쳤다. 내 몸은 거풀거리며 바람에 따라 흔들렸다. 현기증이 일었다.

체감온도가 급격히 내려가 몹시 추웠고 턱이 와들와들 떨렸다. 나는 옷깃을 꼭꼭 여몄다. 귀와 목을 칭칭 감은 목도리를 끌어 올려 입과 코를 덮었다. 콧속이 얼어서 엿처럼 달라붙었고, 콧김과 입김이 서리처럼 엉겨 붙어 속눈썹에 성가시게 달라붙었다. 눈을 뜨기가 거북했다. 챙모자 끝에 서려 있는 서리가 고드름처럼 얼었다. 손끝과 발끝은 떨어져 나갈 듯이 시렸다. 승완의 입가와 눈썹 주위에도 하얗게 성에가 달라붙어 있었다. 그는 목에서 갈색 버프를 벗어 내 목에 여며주었다. 그의 입김이 내 얼굴을 훅훅, 덮었다. 나도 모르게 발뒤꿈치를 들고 앞으로 몸을 기울였다. 높이, 점점 더 높이 키를 늘였다. 그의 입술에 닿고 싶

하얀 정사

어서. 까치발을 했으나 그의 입술은 닿지 않을 달처럼 너무 멀었다.

오르막은 숨이 찼다. 계속해서 쉴 새 없이 쏟아지는 눈 때문에 앞서간 사람들의 발자국은 흔적도 없었다. 청설모도 까마귀도 어딘가로 숨었는지 보이지 않았다. 마치 산은 눈보라의 기세에 숨을 멈춘 듯 고요했다.

승완은 나를 보호하기 위해 내 옆쪽에 바짝 붙어서 걸었다. 몹시 긴장한 눈치였다. 내 몸이 휘청, 휘었다. 나는 손잡이용 밧줄을 얼른 잡으며, 슬며시 아래를 내려다보았다. 천 길 낭떠러지였다. 가슴이 철렁, 내려앉았다. 아! 자칫 발을 헛딛거나 균형을 잃으면 저 아래로 흔적도 없이 사라질 것이다. 나는 눈을 감고 숨을 멈추었다. 낯익은 체취가 나를 훅! 끌어당겼다. 나는 알 수 없는 환희에 들떴다. 나는 그에게서 분리되고 싶지 않았다. 그에게서 몸을 떼어낸다는 것은……. 죽음보다 더 두려운 일이었다. 미로가 주는 신비감, 두려움과 설렘, 극도의 공포, 신선한 쾌감……. 어쩌면 남편은 섬뜩한 저 낭떠러지의 유혹을 뿌리치지 못한 것은 아닐까.

승완은 잠시도 내게 틈을 두지 않았다. 보디가드처럼 내 곁에 바짝 붙어서 내 일거수일투족에 신경을 곤두세웠다.

나는 왼쪽으로 살짝 비켜섰다. 몸이 휘청, 균형을 잃으면서 고랑으로 떠밀렸을 때, 승완이 재빠르게 내 허리를 잡았다. 그의 손끝을 통해 전율이 흘렀다.

　― 보십시오. 이렇게 위험하지 않습니까.

　스틱을 고랑에 깊숙이 찔러 넣는 그의 목소리가 질책으로 울려 퍼졌다. 눈의 높이가 스틱의 손잡이까지 올라와 있었다.

제祭

숨을 고르고 오른쪽 산 위로 눈길을 돌렸다. 평소엔 산세를 호령하며 쏜살같이, 거침없이 흘러내렸을 폭포수가 잠시 숨을 멈추고 잠든 것처럼 얼음으로 변해 있었다. 폭설은 계속해서 쏟아졌고, 산은 온통 눈으로 쌓여 푸른 기라곤 보이지 않았다. 낭떠러지는 너무 유혹적이었다. 어서 오게, 하고 죽음의 신 하데스가 손을 잡아주는 것 같았다. 하데스의 손을 잡고 낭떠러지로 미끄럼을 타고 내려간다면 그에게 가 닿을 것만 같았다. 신우도 만날 수 있을 것이다. 나는 갈색 버프를 나뭇가지에 살짝 묶으며 속으로 부르짖었다. 바로 여기야!

경사진 언덕은 눈으로 뒤덮여 어디에 발을 디뎌야 할지 모를 정도로 위험했다. 괜찮아, 다 괜찮아. 남편의 나지막한 음성이 들려왔다. 나는 손에 힘을 꼭 주며 그를 잡았다. 당신이 있어서 얼마나 다행인지 몰라요. 장갑 낀 그의 손이 말을 건네 왔다. 그래, 괜찮아. 나는 그에게로 다가갔

　　　　　　　　　　　　　　　　　　하얀 정사

고, 그를 힘껏 끌어안았다.

바람도 폭설도 여전히 계속되고 있었다. 숨이 턱에 차왔다. 승완이 자꾸 내 눈길을 피했다. 나는 묵묵히 산 위를 향해 걸었다.

— 어머니, 잠시 쉬었다 가시겠습니까? 따뜻한 커피도 마시고.

추위로 얼어붙은 승완의 입에서 빠져나온 발음은 부정확했으나 '어머니'라는 발음은 비교적 정확했다. 그 발음은 정확한 거리를 두기 위한 쐐기였는지도 모른다.

승완의 입에서 '엄마'라는 단어가 빠져나왔을 때, 그 단어에 강렬하게 사로잡혔던 것은 무엇 때문이었을까. 내가 한 번도 들어 본 적도 없는 '엄마'라는 단어.

아이를 절대로 만나지 마. 새엄마를 친엄마로 알고 있어. 전(前)남편의 말에 나는 아이에 대한 그리움을 억눌러야 했다. 아이가 커 갈 때마다 유치원이나 학교로 찾아가 멀리서 지켜보았다. 하지만 아이가 혼란스러워할 뒷감당을 이겨낼 자신이 없어서 숨어서 바라보다가 뒤돌아선 적이 얼마나 많았던가. 그리움은 차라리 형벌이었다. 나는 아이를 포기하는 대신, 모든 사람으로부터 나를 고립시켰다. 친구도 이웃도 혈육마저도 차단했고 철저하게 혼자가 되었다.

나는 늘 검은 안경을 쓰고 다녔고, 특별히 만나는 사람도, 특별히 마음을 나누는 사람도, 특별하게 친한 사람도 없었다. 나는 항상 사람들과 철저하게 거리를 유지했다. 그런 나를 남편이 변화시켰다.

그를 처음 만난 것은 내 아이가 마지막 숨을 놓은 그날이었다. 떠들썩한 매스컴으로 아이의 사고 소식을 접했다. 초등학교 4학년인 곽신우가 소풍 길에서 교통사고를 당해 병원으로 옮겼으나…….

거기까지 들은 나는 그대로 기절했다. 깨어났을 때 내 머리는 산발이었고 내 손톱 밑은 흙으로 차 있었고 옷이 찢어진 채 목 주변이 온통 할퀴어 있었다. 나는 신문사와 방송국에 전화를 걸어 아이가 입원한 병원을 수소문했다. 누구신데요? 묻는 병원 관계자에게 나는 또박또박 대답했다. 그 아이 엄마예요! 엄마! 내 목소리가 무섭도록 침착했다. 네? 누구시라구요? 엄마가 있던데.

병원에서 나온 나는 길 건너편에 있는, 온 몸에 붕대를 감은 아이를 보았다. 나는 아이에게 달려갔다. 신우야, 엄마야. 엄마 여기 있어.

갑자기 자동차 바퀴가 아스팔트 바닥을 요란하게 긁는 소리를 냈다. 순간 귀청이 찢어지는 것 같았다. 내 눈이 헤드라이트 빔에 쏘였고 나는 정신을 잃었다. 깨어보니 병원이었고 한 남자가 내 곁을 지키고 있었다.

— 여기서 제(祭)를 올리는 게 어떻겠습니까? 저 위는 폭풍이 더 심할 텐데…….

나는 눈을 깜박거렸다. 남편이 승완으로 보이기까지 잠깐의 시간이 필요했다. 아아, 나는 잠시 눈을 감고 숨을 몰아쉬었다. 그렇지, 나는 남편의 제를 지내러 왔지.

승완의 말마따나 정상에서 제(祭)를 지내기는 어려울 것 같았다. 그곳엔 사람들도 많을 것이고 공연히 시선을 끄는 것도 불편할 것이다. 유난스럽다는 눈총을 받을 것이고 본의 아니게 다른 이에게 폐를 끼칠 수도 있다.

승완은 편편한 자리를 찾아 두리번댔다. 여전히 폭설은 계속되고 있었다. 텐트를 쳐야 했다. 폭설 속에서 제를 지낼 수는 없는 노릇이었다. 나무와 바위로 둘러싸인 제법 오막하면서도 편편한 곳을 발견한 승완은 그곳에 텐트 칠 준비를 했다. 나는 숲 속으로 들어갔다. 텐트를 펼치던 승완이 고개를 빼고 나를 보았다. 아무래도 불안한 눈치였다.

나는 눈 속을 헤치고 나무 밑에 쪼그리고 앉았다. 휘잉,

휘이잉, 눈보라가 내리치는 폭설 속에서 반 토막 눈사람처럼 나부죽이 앉았다. 따뜻한 액체가 몸 밖을 빠져나와 수증기를 피워 올렸다. 내 엉덩이 사이로 눈바람이 쿨렁쿨렁 넘나들며 춤을 추었다. 내 허연 엉덩이는 아마 눈 위에서 동그랗게 도드라져 보일 것이다.

— 여기…….

나는 목소리의 주인공을 뒤돌아보았다. 눈앞에 펄럭이는 것은 화장지였고, 승완이 등을 돌린 채 화장지를 내밀고 있었다. 남편도 그랬다. 내가 필요한 곳에 늘 그가 있었다. 약이 필요할 때도 물이 필요할 때도 심지어 생리대가 필요할 때도 그는 내 곁에 가만히 다가와 주었다. 그는 나를 안전하게 지켜주는 폭우 속 우산이었고 내 반쪽의 신발이었다. 나는 반쪽의 반려에게 늘 감사했다. 그를 사랑할 수 있는 기회에. 그의 숨소리를 마음껏 들을 수 있음에. 그리고 그가 사랑하는 모든 것과 그가 누리는 모든 것에게 감사했다. 그가 믿는 신께, 그가 흠숭하는 자연에, 그를 만족시키는 모든 것에.

승완은 내게 등을 돌리고 저만치 걸어갔다. 그는 나에 대한 경계를 풀지 않으면서 텐트를 펼쳤다. 바람을 동반한 눈은 계속 쏟아져 내렸다. 곱은 손과 폭설과 폭풍 때문에 텐트가 여러 차례 미끄러졌고, 승완의 손에서 망치질이 자꾸 빗나갔다. 나는 입김을 불어 손을 녹이며 텐트 맞은편을 잡아주었다. 그의 턱과 입이 덜덜 떨렸고, 이빨이 맹렬하게 부딪쳤다.

좁은 텐트 안은 두 사람만이 들어가 눕기에 똑 좋을 만한 침낭 같았다. 승완이 들어서자 텐트가 찢어질 듯이 팽팽했다. 텐트가 굉음을 내며 펑! 터질 것만 같았다. 승완과 나 사이에 흐르는 알 수 없는 긴장감처럼.

나는 승완의 옆 무릎에 내 무릎이 맞닿을 정도로 간신히 비집고 앉았다. 비좁긴 했지만, 텐트 안은 동굴처럼 안온했다. 이대로 눈을 감을 수만 있다면. 나는 간절하게 염원했다. 그런 나를 승완이 경계하는 것도 같았고 두려워하는 것도 같았다.

승완은 배낭에서 제수(祭需)를 꺼내 놓았다. 양초, 향, 그리고 환하게 웃고 있는 남편의 사진도 꺼냈다. 나는 남편이 연구한 자연요리를 담은 작은 사진첩을 영정사진 옆에 놓았다. 꼬리를 요동치며 튀어 올라 물로 첨벙, 돌아갈 것 같은 싱싱한 물고기 두 마리를 찍은 사진. 그리고 평소 남편이 애지중지하던 카메라가 승완과 내 무릎 사이에 꽉 끼어 있었다.

하얀 정사

새하얀 치아, 꿈틀거리는 굵고 짙은 눈썹, 쌍꺼풀 없는 선한 눈, 강직한 입이 살포시 열린 백만 불 미소. 영정사진 속의 그 미소가 촛불에 흔들리며 나를 감쌌다. 나는 손을 뻗어 그를 만졌다. 여보, 나 왔어요. 여기 춥지 않아요?

승완이 양초에 불을 붙이고 향을 피웠다. 그가 일어섰다가 무릎을 구부리고 절을 했다. 그의 큰 키가 텐트에 닿자. 투툭! 텐트 위에 쌓인 눈이 땅으로 미끄러져 내리는 소리가 들렸다. 밖에는 세찬 바람과 함께 여전히 폭설이 내리고 있었다.

승완은 절을 한 그 자세로 그렇게 바닥에 엎드려 있었다. 가장 편안한, 낮게 낮게 엎드린, 태초의 생명을 품은 아기 자세였다.

— 아버지, 저를 용서하십시오.

혹시 그렇게 비는 것은 아닐까.

카레이싱을 한다는 것이 발각되었을 때, 승완은 오히려 편안한 눈빛이었다. 거짓말에 익숙하지 않은 그는 자신의 진로를 아버지에게 속인다는 것이 부담스럽고 압박이었을 것이다. 그래서 그런지 승완의 눈빛은 오히려 억압에서 풀려난 짐승처럼 자유로워 보였다. 아버지의 기대에 한 치의 어긋남이 없이 자랑스러운 아들이었던 승완은 평소의 그

답지 않았다.

— 은완 형이 죽고 나서 말입니다.

그의 쌍둥이 형인 은완은 유쾌하게 소리 내어 웃거나 농담을 잘했고, 승완은 말이 없고 조용했다. 둘은 늘 붙어 다녔고 서로의 다른 생각과 의견을 주고받기를 즐겼다. 둘은 떼어 놓으면 전혀 쓸모나 가치가 없는 것처럼 어딘지 허전하고 형체가 허물린 퍼즐처럼 보였다. 그런 그 둘은 대학에 가면서 서로 갈렸다. 은완은 건축과로 승완은 법과로 갔다.

엄한 아버지 앞이었지만 승완의 목소리는 의외로 단호했다.

— 형이 죽고 모든 것이 무의미했고 죽음은 무엇이며 삶은 무엇인가, 도무지 안개 속이었습니다. 그런데 형이 있던 곳에 가면 안심이 되었습니다. 형이 타던 자동차 운전석에 앉으면 마치 형이 제 속으로 쑥 들어온 것 같았습니다. 이 암울한 세상에 혼자가 아닌 둘이라는 것이 좋았습니다. 결국, 형이 원하는 것과 내가 원하는 것이 같다는 것을 알았습니다. 그것은 제겐 큰 발견이었습니다.

승완이 이 길만이 살길이었다고 외치자 얼굴이 새하얗게 변했던 남편은 승완의 어깨를 지그시 눌렀다. 그의 손끝이

미세하게 떨리고 있었다. 하지만 곧 평소의 그답게 온화하고 부드러운 표정으로 되돌아왔다.

— 미안하다. 내 잣대로만 너를 보았구나.

어쩌면 그렇게 속삭였을지도 모른다. 남편도 승완의 살고 싶은 몸부림과 슬픔을 외면할 수 없었을 것이다.

갑자기 텐트 안이 고즈넉한 밤처럼 어두워졌다. 텐트가 땅속에 움푹 파묻힌 것 같았다. 눈꺼풀이 자꾸 내려앉았다. 약 기운 때문이었다. 내 손이 떨리고 있었다. 그를 만지고 싶어서.

승완이 랜턴을 켜서 영정사진 옆에 놓았다. 최대한 나와 몸이 닿지 않으려고 무릎을 안으로 잔뜩 모두었다. 그럴수록 나는 가까이 닿고 싶어 무릎걸음으로 다가갔다. 여보…… . 영정 속의 사진과 그의 얼굴이 자꾸 겹쳤다. 백만 불 미소가 랜턴 불빛에 어른거렸다. 남편의 혼을 저승으로 보내고 돌아오던 날이었다. 저녁노을이 산 너머로 막 내려앉으면서 어둑해지고 있었다. 나는 운전을 하는 승완의 옆자리에 앉아 있었다. 승완이 고즈넉한 목소리로 물었다.

— 아버지를 사랑하셨습니까?

저녁노을을 무심코 바라보고 있던 나는 깜짝 놀랐다. 한 번도 나에게 개인적인 관심을 보인 적이 없던 그였다. 나는 잠시 뜸을 들였다.

— 내 생애에 존경하는 분은 처음이었어. 그분을 만난 것은 행운이었어.

그러나 나는 대답하지 못했다. 처음이었어, 행운이야, 그 '어'와 '요'의 발음처리를 어떻게 해야 할지 곤혹스럽기도 했지만, 그 말을 하고 나면 남편에 대한 추억이 흔적도 없이 사라질 것만 같았다.

— 아버지는 어머니를 사랑하셨습니까?

나는 그가 그렇게 질문해주기를 기다렸다. 만약 그가 물었다면 이렇게 대답할 참이었다.

— 잘은 모르지만……. 좀 더 오래 함께 살았다면 분명 그랬을 거야.

'요'가 아닌 '야'로 대답할 참이었다. 지효 씨와 함께 있을 때, 그에게 '요' 하고 경어를 쓰는 것과 그가 혼자 있을 때 '야' 하고 낮춤말을 쓰는 것은 사뭇 이미지가 달랐다. 승완이 설핏, 웃으면서 질문을 거두어들였다.

— 곤란하시면…… 대답 안 하셔도 됩니다.

승완이 숨을 고르며 조심스럽게 물었다.

— 그때 왜 제 서류를 숨겨 주셨습니까?

뜻밖의 물음에 나는 놀라서 숨을 참았다. 서류란…….

승낙서를 뜻했다.

— 늘 궁금했습니다. 왜 제 편이 되어 주셨는지…….

글쎄, 뭐랄까. 나는 말문을 찾아 잠시 머뭇거렸다.

— 권리랄까? 사람이란 자기가 하고 싶은 것을 누릴 권리가 있으니까. 권리는 중요하니까. 생명처럼 소중하고……

그러나 차갑고 딱딱하게 대꾸했다.

— 그냥.

승완이 설핏, 웃었다.

그 순간 문득 불안해졌다. 음습한 병원 안은 정말 싫었다. 다시는 그곳으로 돌아가고 싶지 않았다. 극도의 행복한 상태나 아름다운 경치를 보았을 때, 그 순간이 사라질 것에 대한 불안증. 안헤도니아였다.

서서히 심장이 조여 왔다. 여보, 난 이 순간에 머무르고 싶어. 나는 영정사진을 바라보았다. 사진 속 얼굴과 승완의 미소가 다시 겹쳐졌다. 둘은 쌍둥이처럼 닮았다. 은완이보다 승완이 더 남편을 닮아 있었다. 이목구비도 젖은 눈빛도 매혹적인 백만 불 미소까지도.

나는 그 모습을 오래도록 간직하고 싶었다. 자꾸 졸음이 밀려왔다. 나는 영정사진 속 그의 미소를 렌즈에 담았다.

하얀 정사

찰칵찰칵, 승완의 미소도 렌즈에 담았다. 승완이 손을 내 젓는 모습도 담았다. 눈살을 찡그리는 모습을 연속적으로 찍었다. 승완은 카메라를 빼앗으려 바투 다가섰고 나는 빼앗기지 않으려고 실랑이를 하다가 그만, 둘이 얼크러져 엎어지고 말았다. 그의 얼굴이 내 코앞에 바짝 다가서 있었다. 여보, 내 손을 잡아줘. 내 눈을 좀 봐줘. 나는 그를 움켜잡았다. 사실 나는 살고 싶다고 몸부림치고 있었다. 이 무참한 아이러니라니.

나는 그의 옷을 확 뜯어버렸다. 내 손이 거침없이 그의 얼굴을 만졌다. 그의 코를 귀를 머리카락을 미소를 그의 심장을 만졌다. 숨이 가빠왔다. 그의 머리를 가슴에 안았다. 그의 모든 것을 내 안에 가두었다. 땀으로 축축하게 젖은 그의 머리카락 냄새가 찝찔하게 코끝에 엉겨왔다. 나는 껍질을 벗기듯이 그의 옷을 하나씩 벗겼다. 하악하악……. 가쁜 숨이 텐트 밖을 뚫으며 퍼져 나갔다. 승완의 목소리가 귓가를 간질였다.

— 이상하죠? 카레이싱을 할 때는 어머니 생각이 났어요.

좁은 텐트가 풍선처럼 부풀어 있었다. 내 몸에서는 펄펄 열이 끓었다.

하얀 정사

― 세상은 깊고 오묘해요. 당신도 이제 좁은 이 우물 안에서 벗어나서 훨훨 날아요. 나비처럼. 꽃처럼. 당신은 아직 너무 젊어요.

텐트 안에서 네 개의 다리가 얽혀 공중으로 치솟고 구부러지며 뒤채였다. 살이 찢어지고 뼈가 부서지고 피가 튀는 남녀의 격렬한 정사가 현란했다. 떠받치고 있던 네 개의 텐트 기둥이 쑥 뽑혔고, 텐트가 통째로 언덕 아래로 굴러내려갔다. 아아아악!!!

비밀번호

— 이제, 그만 가시겠습니까?

퍼뜩 놀란 나는 승완을 바라보았다. 내 이마에서 식은땀이 흐르고 있었다.

승완이 제를 지낸 물건들을 주섬주섬 정리해서 배낭에 넣으며 빠르게 물었다.

— 한 가지 여쭤봐도 되겠습니까?

승완의 말투가 딱딱하게 되돌아오고 있었다.

— 그때 왜 비밀번호를 바꾸셨습니까?

내가 비밀번호를 바꿔버린 것은⋯⋯. 아아, 어떻게 설명해야 할까. 그러니까 그 비밀 키는 내가 그에게로 가는 것을 막는 제어장치였다.

49재 그 밤을 어떻게 설명해야 할까. 그날 나는 승완의 품 안에서 깊이, 아주 깊이 잠들었다. 그의 머리칼이 내 머리칼에 뒤엉켜 흠뻑 젖어 있었고 우리는 알몸이었다. 어쩌면 혼몽이었는지도 모르지만. 어쨌든 그를 기다리는 나를 견딜 수 없었다. 나는 한 발자국도 집을 떠날 수가 없었다. 아무 곳에도 가지 못했고 갈 수도 없었다. 삑삑……. 밖에서 비밀번호를 누르는 소리에 퍼뜩퍼뜩 놀라 심장이 졸아들었다. 열려라, 열려! 안 돼, 열리지 마! 두 개의 감정이 부딪혔지만, 그 닫힘 장치 속에 비밀번호를 바꾸고, 기다림을 천길 우물 속에 가두어버렸다. 그 후로 승완은 다시 오지 않았다. 아니, 왔다가 되돌아갔는지. 문밖까지 왔다가 차마 벨을 누르지 못했는지, 노여워서 다시는 오지 않았는지 그건 알 수 없었다. 수시로 내 몸 어딘가에서 잠금 장치 풀리는 소리가 들리곤 했다. 정신이 말짱할 때는 날마다 되뇌었다. 견뎌야 한다고. 그를 기다려선 안 된다고. 혼자서 온기를 찾아야 한다고.

나는 차갑고 쌀쌀맞게 내뱉었다.

— 여긴 내 집이야.

그 후, 승완과 나 사이에 낯설고 기이한 강이 흐르고 있었다. 깊이도 끝도 알 수 없는 낯선, 그 기이한 강은 물살을 거슬러 어딘가로 흘러갔다.

숨은 발자국

목조 디딤판을 밟고 올라섰다. 끊임없이 내리는 눈 때문에 발자국은 금세금세 지워졌다. 발자국을 눈 속에 숨긴 채 사람들은 어디를 향해 가고 있을까. 그들의 최종 목적지는 어디일까. 그곳은 결국 죽음이 아닐까.

그들은 저만치 앞서 천천히 산 위로 올라가고 있었다. 그들의 뒷모습은 처연하면서도 숙연했고, 보폭은 느리지도 빠르지도 않았다. 거기 산이 있어 산을 오르는 사람들처럼 고개를 숙이고 걷는 모습이 흡사 말 못 할 사연을 간직한 비밀스러운 사람들 같았다. 생의 어떤 큰 숙제를 풀어야 할 사람들처럼 그들은 커다란 등짐을 지고 묵묵히, 천천히 산을 올라가고 있었다. 죽음의 계곡을 향해 걷는 그들은 마음 안에 허접한 아우성을 빼내고 그 안에 들리지 않는, 혹은 보이지 않는 소리를 채우는 사람들 같았다.

승완은 적당한 거리를 두고 내 뒤를 따라왔다. 내가 발을 멈추면 그도 멈추고 내가 발을 디디면 비로소 발걸음을 떼

하얀 정사

어 놓았다. 약간 빠르게 계단을 뛰어오르면 어느새 내 곁에 있었다. 그와 나 사이에 사람 하나가 딱 들어설 만큼의 간격, 그만큼에서 더 이상 멀어지지도 가까워지지도 않았다. 인간과 인간의 간격은 몇 미터쯤이 가장 편안하고 안전한 거리일까. 죽을 때까지 변하지 않고 유지될 수 있는 사람 사이의 거리는 과연 몇 미터일까. 승완과 나의 거리는? 시누이와 지효 씨와의 거리는? 나와 남편과의 거리는 몇 미터였을까.

그의 머리에도 어깨에도 계속해서 눈이 쌓이고 있었다. 나는 차마 그의 어깨를 만지지 못하고 그의 어깨너머를 보았다. 괜찮아, 나는 조그맣게 뇌까리며 산을 타기 시작했다. 아이젠을 신은 내 발에서 유난히 삐거덕, 소리가 크게 들렸다.

믿을 수 없게도 정상에는 햇볕이 따뜻하게 내려쬐고 있었다. 그 햇볕 때문에 사람들은 산에 오르는 것이 아닐까 생각하는데 익숙한 온기가 바람을 타고 실려 왔다. 뜻밖에도 지효 씨가 거기 있었다. 그런데 지효 씨가 시누이 해명 씨에게 어깨를 기대고 있을 뿐인데도 마치 두 마리의 비단 구렁이가 서로 엉켜 격렬하게 난교하는 것처럼 찬란해 보였다. 어서 와, 오느라고 애썼지? 그들에게서 시선을 떼어 놓듯 남편의 목소리가 들려왔다. 나는 남편의 입술에 내 오므린 입술을 포갰다. 컵라면을 내밀던 승완이 흠칫, 뒤로 물러났다. 나는 현실을 깨닫곤 당황했다.

내 무안함을 건져주듯 때마침 승완의 휴대폰이 울었다.

승완이 주머니에서 핸드폰을 꺼내 받았다.

— 응, 정상이야.

승완의 목소리가 한결 밝았다.

라면이 붇고 있었다.

— 징크스는 무슨? 어머니가 뭐 여자냐?

그가 입모양으로만 웃었다.

나는 승완의 징크스를 알고 있었다. 경기 전에 여자를 만나면 백전백패라는 것을. 카레이서 중에는 징크스를 가진 선수들이 많았다. 출전을 앞두고 닭고기를 먹는다든지, 목욕을 하면 패한다든지 다친다는 징크스. 선수들은 징크스 관리를 철저하게 했다. 출전을 앞둔 승완을 찾아온 그의 여자 친구를 동료들이 대신 만나 승환의 징크스를 설명했을 때 여자 친구가 눈을 깜박거리다가 한참 후에 돌아갔다고 했다. 그 후, 그녀는 승완을 영영 떠났다고 했다.

승완의 말이 이어졌다.

— 내 걱정은 말고 메케닉 팀이나 잘 부탁해.

승완의 전화 목소리는 톤도 음정도 남편을 닮아 있었다. 그는 극도의 긴장으로 초조해 보였지만 상대에게는 매우 여유 있게 들렸을 것이다.

윗새오름에서 내려오는 길은 가팔랐다. 큰 바위에 새겨진 글귀가 남편의 목소리가 되어 흘러나왔다. 당신들은 비를/ 바람을/ 공기를/ 소유할 수 있다고 생각하는가/ 당신들은 자연을/ 돈으로/ 살 수 있다고 생각하는가.

나는 조그맣게 화답했다.

— 당신 마음을 기꺼이 사겠습니다. 당신의 그 따스한 온기를 내 심장에 새길 수만 있다면 그것이 어떤 위험일지라도 마다하지 않겠습니다.

— 거기 바위 앞에 서 보십시오.

승완이 내게 카메라를 들어 보였다. 나는 어색해서 엉거주춤 서 있었다.

— 옆으로 살짝 비켜 서 보십시오. 하늘이 나올 수 있게.

폴로라이드 사진기가 찰칵거릴 때마다 사진이 사르르륵, 부드러운 소리를 내며 밀려 나왔다.

승완이 사진을 흔들어 내게 주었다. 나는 사진을 들여다보았다. 누군가를 향해 수줍게, 매우 서툴게 웃고 있는 여자가 바위를 기대고 서 있었다. 사진 속에서도 여전히 눈발이 날리고 있었다. 그런데 사진 속의 여자가 서서히 눈처럼 녹아들 듯 사라졌다. 여자가 사라진 그 자리에 남편과 승완이 서 있었다. 다른 사진에는 승완과 은완이, 지효 씨, 시누이…… 둘씩 짝지어 다정하게 거기 서서 웃고 있었다. 나는 당혹스러웠다. 남편의 서랍에서 그와 전처, 또는 아이들과 찍은 사진을 발견했을 때의 그 당혹감과 흡사했다. 아이들이 갓 태어났을 때, 아이들이 자라서 고등학생이 될 때까지의 그들 가족사진은 모두 해맑고 행복한 모습이었다. 그가 간직한 것은 사진뿐이 아니었다. 연애 시절 전처와 주고받았던 편지들, 시(詩) 구절들, 서로 바꾸어 읽으며 메모를 남긴 일기와 수첩들, 여행기록들, 전처를 위해 들어 둔 보험증서. 유품 상자를 덮으려던 나는 낡은 노트 하나를 무심히 집어 들었다. 오랜 손때가 묻은 노트였다.

날카로운 작두날 위에 서 있는
이 느낌의 정체가

무엇인지 나는 정녕 모르오.

♡

남은 내 생이
설령
창녀의 스타킹 같을지라도 후회는 없을 테지요.

♥

캄캄하게 닫힌 하늘
꽃봉오리 피어나듯 땅이여 나를 열어주오.

♡

사랑하는 모든 것들아! 제발 날 내버려 두기를.

이 화답의 의미를 새기며 시누이에게 물은 적이 있었다.
— 남편은 왜 지효 씨와 헤어졌나요?
— 그러게. 아이를 둘씩이나 낳은 여자가……. 세상에는
인력으로 어찌할 수 없는 일도 더러 있는 게지.
나는 남편이 승완에게 했던 말이 떠올랐다. '무릇 인간
이란 제 하고 싶은 대로 하다 죽어야 가치가 있을 테지.'

하얀 정사

그 말은 승완과 지효 씨를 놓아 줄 배려였던 것이다.

— 지효 씨는 감정을 배제한 물질 같아요.

내 사나운 심술에 지효 씨가 상주의 머리에 꽂힌 꽃처럼 하얗게 웃었었다. 그리곤 말했다. 숨이 차오를 때면 입안에서 병아리를 품은 어미닭 울음소리가 들려온다고.

은완을 잃고 더욱 그랬을까. 그건 모를 일이다. 그녀가 되어보지 않고선.

— 사랑하는 내 사람들과 함께하지 못한다는 것은 불행한 일이죠. 심리치료사로서의 딜레마이기도 하고. 하지만 불행한 사람도 양고기를 먹으면 자유로운 초원을 달리고 싶어지고 그 신선함을 잊지 못하는 법이죠.

불현듯 가둘 수 없는 정열의 카르멘이 떠오르면서 동시에 자조 섞인 남편의 말이 오버랩되었다. 무릇 인간이란 제 하고 싶은 대로 살아야……

그 말을 하기까지 남편의 심정이 어땠을까 새삼 헤아려졌다.

나는 알고 있었다. 남편과 함께한 십 년 동안 그는 내내 전처(前妻)를 잊지 못했다는 것을. 나는 다만 애써 모른 척했을 뿐이다. 그 사실을 인정해버리면 내가 더 외로워질 것 같아서. 하지만 상관없었다. 돌이켜보면 남편이 아니었

하얀 정사

으면 내가 누렸던 그 따뜻한 십 년이 과연 있기나 했었을까. 남편을 만나지 않았다면 그 소중한 온기를 느껴보기나 했었을까. 나는 그의 온기로 인해 잠시잠시 내 아이도 잊을 수 있었고, 숨을 쉴 수 있었다.

그를 기대 살아온 십 년의 내 생애는 절정이었고, 그는 내게 세상에서 가장 빛나는 별이며 동시에 달콤한 빚더미였다.

나는 입속으로 조그맣게 읊조렸다. He's the sweetest debt. (그는 세상에서 가장 달콤한 빚이다.)

휘몰아치는 폭설과 강풍 때문에 내 몸이 자꾸 휘돌았다.

버프를 숨겨둔 곳이 분명 이 근처일 텐데…… 두리번거리던 내 몸이 나무에 탁, 부딪쳤다. 그 바람에 산까치가 푸드덕 날아올라 허공을 비행했고, 눈으로 덮여 있던 나뭇가지가 화다닥, 흔들리며 눈가루를 흩뿌려댔다. 나는 버프를 찾아 두리번거렸다. 승완이 날카롭게 물었다.

— 무얼 찾으십니까?

— 저기.

나는 태연하게 나뭇가지에 걸린 버프를 가리켰다. 승완이 버프를 바라보았고 그가 버프를 향해 다가갔다. 나는 아까 눈여겨 보아두었던 낭떠러지를 내려다보고 밧줄을 잡았다가 팅, 손에서 놓아버렸다. 그리고 천 길 낭떠러지를 향해 날개를 활짝 펼쳤다. 그것은 내 생애 가장 아름다운 정사였다. **(한국소설 발표)**

세상에서
가장
아름다운 정사

단편소설 「꽃지에서 길을 잃다」에서 우리시
대의 사랑이야기를 감칠맛 있게 들려준 바 있
는 작가 최민초가 새 창작집을 내놓았다. 역시
사랑을 주제로 한 작품들이다. 이번에는 단편
「투구꽃」과 「개 난리」, 중편 「자운영꽃 필 무
렵」과 「하얀 정사」 등 네 편을 함께 묶었는데
내 입에는 여간 맛깔스럽지 않아 읽고 나서도
강한 여운으로 남는다. 이 작가 나름의 소설 미
학을 잘 쌓아 올린 결과이리라.

「투구꽃」은 열 살 연하인 아내의 자유분방한
사랑 때문에 곧잘 욕정과 분노, 연민과 살해충

세상에서
가장
아름다운 정사

동 등 상반된 감정으로 내몰리곤 하는 인물의 내면이 잘 드러나 있다. 그에게 사랑은, 지극히 몽환적으로 와서 치명적인 독성을 남긴 무엇이다. 군더더기 없이 깔끔하게 다듬어진 작품이어서 단숨에 읽힌다.

「개 난리」는 서산댁의 풍산이와 민 교수의 흑구가 벌이는 개 정사를 통한 사람 심리 엿보기로 읽힌다. 흑구와 풍산이는 본능을 사랑했을 뿐인데 사람 눈에는 생난리로 보인다. 이를 뒤집어 사람의 사랑을 개들은 어떻게 볼까? 동물의 원초적 본능을 사람이나 개나 하나로 돌아보게 하는 서사의 구조와 의미가 재미스럽다.

중편소설 「자운영꽃 필 무렵」과 「하얀 정사」에서는 보다 깊고 근원적인 이야기를 하고 있다.

아무리 사랑해도 허기를 채울 수 없다는 '가연'의 외로운 독백과, 긴 세월 무섭도록 절제된 사랑을 보여준 '아버지'의 처연한 모습이 강렬한 인상으로 남는 작품이 「자운영꽃 필 무렵」이다. 사랑에 들린 영혼에도 집착과 독점 욕망은 부단히 작동하기 때문. 완전하고 영원한 사랑은 없다. 사랑의 순도만큼 고통의 농도도 짙다. 그럼에도 불구하고 그들은 모두 사랑을 꿈꾼다. '어머니'의 말처럼 "인생은 그저 거기서 거기일 뿐"이므로 사랑만이 유일한 희망인 것이다.

「하얀 정사」에서는 사랑을 통해 영과 육, 나와 타자 간의 완전한 합일을 갈망하는 작가의 내적 지향성이 극적으로 잘 드러나 있다. 한라산 설경과 인물의 내면이 거울처럼 서로 조응하는 문장과 죽음 충동으로까지 몰아가는 몰아적 성애적 탐닉심리가 수를 놓듯 섬세하게 서술되고 있어 감동적이다. '세상에서 가장 아름다운 정사'라는 말도 이를 뜻하는 수사가 아닐까 싶다.

사랑 이야기에서 작가가 궁극적으로 말하고 싶은 것은 무엇인가. 자운영 꽃말이 상징하듯 '헌신'적 사랑으로도 결코 채울 수 없는, 인간의 근원적 존재론적 고독과 갈망이 아닐까 나는 생각한다. ✻

나무소설가선 023
하얀 정사

1쇄 발행일 | 2020년 09월 15일

지은이 | 최민초
펴낸이 | 윤영수
펴낸곳 | 문학나무
기획 마케팅 | 03085 서울 종로구 동숭4나길 28-1 예일하우스 301호
이메일 | mhnmoo@hanmail.net

출판등록 | 제312-2011-000064호 1991. 1. 5.
영업 마케팅부 | 전화 | 02-302-1250, 팩스 | 02-302-1251
ⓒ 최민초, 2020

값 13,000원

ISBN 979-11-5629-104-6 03810

*이 책은 █▓█ **평창군**, ◥◣▶양평군문화예술재단 후원으로 발간되었습니다.